제 1 부

씨앗은 길을 잃지 않는다

상록수 기억이 말해주다

한 가지 탁월함을 여미고 있다.
변색되지 않는 그 한 가지 고결함을 품고 있다.
처음부터 세상 주목의 향유가 저토록 한 가지 그렇다고 하였을까?
만감이 어울리는 세상 어귀에 우두커니 서 있는 상록수
나그넷길이 여운 가득한 메아리처럼 가다듬을 그 흰함의 이유다.
그렇게 시간이 도장을 찍었다.
유심한 것을 가리키는 그 반향의 응시다.
세월이 그렇게 더욱 분분함을 간추려 흐르고 있다.
상징의 기수가 되어 그을리는 세상살이 그 옥빛으로 빛나기까지
저렇게 꿈은 한 가지 원함이라고
삶의 균형을 바로잡을 그 터 위에 중심이 되었다.
영성의 사색이 그렇게 까닭이라고 할까?
언제고 내다보는 역설의 기준점이 되었다.
상록수 바람으로 얻기까지
그토록 돈독함이 쌓이고 있다.
땅에서 힘차게 빨아올리는 숨의 귀결로
짙푸르게 건네는 상록수의 화두,
저토록 건실함의 영광을 토로하기까지
지난한 거리에 뒤척이는 열망의 그 희열까지
상록수의 무게 중심이 울창하다.
그것은 회복의 등경이라고 하리니
거친 사막의 처지에서 빛나는 봄빛의 이유,
사시사철 바로미터 계수의 덕담으로
기억이 꾸려내는 것,
영혼의 몫으로 만족감이 가득하다.
그것은 세상 그리운 피날레,
심연의 망루로 올곧다.

씨앗은 길을 잃지 않는다

한 톨의 씨앗 하나를 엿본다.

이미 가진 그 진력의 몫은 발아의 순간으로 길이 된다.

곧게 펼쳐지는 세상 모든 상징의 숲을 가로지르며

움트는 것과 자라는 것과 그리고 꽃피고 열매 건실하게 맺는 것,

그리고 더욱 남기는 그 너머의 길을,

어떤 물음보다 앞선 소중한 이유를 가다듬어

세상 모든 길의 그 절절함을 한뜻으로 아로새겨 두고

한 치의 미동도 하지 않는 중심으로 씨앗은 그 길을 잃지 않는다.

놓인 그곳이, 묻힌 그곳이, 그토록 까닭이라고

애써 읽을 몫의 나그네로 그 한마디가 숭고하다.

그 어떤 시선이 세상 다 아는 척하였던가?

그 어느 방심한 탓을 뛰어넘었다.

그래서 세상은 꽃이 피기까지 엿보는 것이다.

열매를 거두기까지 몸부림치는 것이다.

주어진 자리 낮추어 바라고 소원하는 것이 최선이다.

씨앗의 그리운 염두를 가슴에 품고

진력의 땅으로 너와 나는 그리운 망루,

발등상의 밝기로 다가서는 것이다.

그리하여 그리운 시간이 다 여물고 나면,

씨앗의 길 그 끝에서 그 길 잃지 않았다고

환희의 영광과 그 언약의 밀월로

세상 바람 추억하리라.

관망의 울림

나는 낙서 하나를 연민하게 되었다.
그토록 낙서는 쓰고 지워지는 그 묵시를 일컬어서
여운 가득한 이유를 안겨 주었다.
나는 그토록 낙서를 가슴 속에 화석처럼 새겨두고
일념의 날들 열망으로 나아가는 고백이라고
모든 풍경의 속속들이 구슬프고 애틋한 사연 가까이다.
누구에게 밝히 읽혀지고 한뜻 메아리가 될 것이라고
저기 또는 여기 초로의 일기를 읽고 화답이런가?
계절로 담담한 기도는 무르익어가고 있거니
낙엽은 지고 또는 풀잎이 쇠하여가도 끝내 저버리지 않는 것이
그리운 애증의 관망이라고 힘주었거니
소명의 자리 견주는 모든 것들의 희망 섞인 가치,
이슬 머금어 더욱 활발하다는 것을,
고요의 들창가로 나의 낙서는 깊어짐이라.
나는 영감의 낙서를 기록한다.
그것은 움트는 나의 시어의 속삭임,
내일로 지금을 태우는 관망의 서술이다.
어원이 밝아지는 탓은 그야말로 영광이다.
세상 적막함과 고적함을 뛰어넘어
망루 속에 실제적 그림자.
추구하고 축복하는 귀결의 감흥으로
얻고 살피고 기다리는 것이니
존중의 숭고한 상승의 기도 깊어지거니
더욱 기억의 못으로 삶의 몸부림
관망의 울림으로 내민다.

쪽빛

천연한 기척 짙푸르다.
천고의 기억이듯
쪽빛 물음이다.
번지고 있어도 그 빛깔,
고혹한 매혹이다.

그 어디쯤 깊이에서
그 어디쯤 그 밝기로
더욱 미학으로 판가름의 귀결
진지한 뭇의 색감
그리운 이유가 담겼다.

깨어나는 것이
빛으로 건네는 긍정이다.
그렇게 숨겨진 깊이의 발아
어둠을 밝히는 감으로
인고의 노을이다.

서정의 약속

까맣게 잊었던 그 자리에서
다시 까맣게 잊는다 하였어도 그 자리에
고결한 숨결로 서걱거리는 풀잎이라는 가을 억새에게
나는 서정의 약속을 긷는다.

보랏빛 빛깔은 아니지만 덥수룩하게 엿보이는 정으로
오솔길 그 외길 따라서
어릴 적 어루만지지 못한 그 두터운 약속,
나는 심연의 직감으로 읽는다.

가만히 헤아려보면 그렇게 한결같은 것
세상 어디서 또 구슬프게 얻을까?
갈꽃으로 부르짖어 가슴 짚는 소리,
여운마저도 서걱거린다.

향기로운 시선의 그토록 쌓임,
풍경으로 소임을 다하여도 그 자리에서
다시 꺼내는 일념의 바람,
넌지시 기슭의 창이다.

가을 밭

세월이 묻힌 밭

누가 뒤척여 오랜 기억으로 훈훈할까?

그저 땅을 뒤엎는다고 생각하지 말 것이라.

땅은 어떤 거짓도 남겨두지 않고 가식도 남겨두지 않는다.

그저 진실한 하소연, 그 땀 흘리는 값어치를 얼기설기 속에서도 갖추고 있다.

척박한 땅이 부엽토가 되기까지

땅이 건네는 발자국 소리 귀담아들으란다.

다져졌어도 꺼내는 소리

다시 이슬 머금고 깨어난다.

소중한 일념 하나를 껍데기 없는 알곡으로

삶의 시간이 서렸다.

봄부터 두터워진 덕목으로

밭은 그렇게 가슴 뜨거운 불꽃을 왼다.

약속으로 꺼내듯이

고향의 귀소본능 밝도록

더욱 남은 이해심 키워낸다.

내일이 묻힌 가을 밭,

깨어날 봄빛의 기다림을 읽는다.

회복이라는 생명력이다.

가을로 그을리는 시간

이유 있는 기억을 살핀다.
나의 기억이 깊이로 넓이로 높이로 나아간다.
꺾이지 않는 목적이 내 앞에 놓인 과제로 익어가는 질서다.
나는 지금 세상이라는 그 현실감의 기억으로 내일로 띄워낼 몫이다.
그렇게 내다보는 지극한 가을로 그을리는 기적의 시간이다.
은총에 대하여 말할 수 있는 근거의 생명력과 가슴 설레는 환희다.
그렇듯 더욱 내일로 가을이다.

나는 지금 인지하거니 흘러가는 세월의 경점에서 지그시
삶의 경이로운 가치를 여미고 곳곳에 울림 귀담아 살핀다.
무엇보다 현재적 현실감 앞에서 보다 더 진지하자고
소임과 소명의 뜻을 저버리지 않기 위하여
사색이라는 골방을 사방천지 헤아려 수축한다.
마땅하고 의당한 감각의 기도 절절하다.
내심 바라는 것들의 실상이다.

어떻게 어떤 이유로 지금을 망각하고 나설 수 있으랴?
생각이 있는 까닭으로 하늘 아래,
지금 가을로 그을리는 지극한 목도,
저마다의 흔적이 지피는 갈급한 시선이거니
상징의 멋을 가꾸고 거들며 하나 된 누림의 시간으로
그을려서 더욱 돈독하게 깨어나는 뒤척임,
물음이 있는 영성이다.

돌담의 기억(제주도)

어느 순간 밭을 내준 돌담의 기억
밭을 지키는 파수꾼의 울타리가 되어 단단한 미학이다.
검은 줄기를 끝내 이어내는 진귀한 억척이다.
그렇게 돌담은 웃었고
굽이굽이 바람 소리 휘파람으로 걸러냈고
문양의 합당하고 바른말 내비치듯
척박한 산지의 풍성한 결실로 밭을 품었다.
사람들은 그렇게 생명력과 고독한 이야기를 엮어냈고
살아낸다는 즐거움과 아픈 상처의 기도까지
돌담의 동구 밖 닳고 닳도록
세월나기 발걸음 돌담의 기억 더불어 깊었다.
섬에서, 까무잡잡한 터전에서
주고받았을 돌담의 기억,
드리운 희망과 아름다움이라는 역설적인 애증,
그렇게 영혼의 노래는
탐라의 지각변동처럼 깊어졌거니
돌연 세상 앞에 굼뜨지 않은 시선이다.
이젠 피안의 몫을 다지고 다져,
늘어진 시그널의 기수처럼
바람 세기 숨죽여 거드는 돌담의 풍경,
올레길 서술로 빛난다.

호박순

얼마큼 진력이었던가?

어떤 시름도 마다하고 끝내 내뻗은 그 외길

풀숲이고 나뭇가지고 가릴 것 없이 가닿는 진력,

꽃마저도 호박꽃이라고 그리 환영받지 못한 처지에서

거침없이 자양분의 속내와 기거로 그 기여 읽혀내는 호박순이다.

한때, 그렇듯

그 무슨 차선책도 없이 그저 주어진 곳,

뿌리내린 기염을 품고서

그렇듯 투박한 줄기를 연이어 내걸고

익어가는 가을 길목에서 덩그런 호박으로 열려

익히 정담의 귀감이다.

그야말로 호박꽃을 보았거든

그 화수분의 고독 속에서

부요한 세상의 진기록 담론일 것이라.

호박순, 무심코 내뻗은 그곳에서

세상 읽히는 진솔함이라.

여느 고향 어귀 잊히지 않는 소산이려니

나그네 입씨름의 멋이다.

들깨 향(1) - 부엽토의 맛

지고한 맛을 두고
해 아래 간곡함이 무엇이냐고
머뭇거렸던 시기를 풀어낸다.
그와 같은 시간 속에 진지한 향취의 충족
가을이 왔거니
이젠 결실로 아득한 날을 긷는
향기로운 축복이다.
더욱 목적은 저만치 응시하듯
텃밭의 메아리
상징의 맛을 더하여
실제적 입맛의 부엽토다.

들깨 향(2) - 의미

꽃빛 라벤더의 향은 아니지만
가을바람에 건네지는 들깨 향은 그윽함이다.
잎으로 머금었던 맛과 기름으로 머금을 고소한 맛을
무르익어가는 가을로 넌지시 예시하듯
익히 가을 화수분의 서막이다.

가히 결실 너머에 아지랑이 같은 고운 뜻을 여밀까?
척박함에서 건네는 깊은 삶의 도화선,
어울려 지극하게 건네는 가을 확산의 진담들,
우린 그 진력의 한가운데서
지략의 가을걷이 되짚을 요량이다.

가만히 꽃피워진 삶이 의미를 다지듯
걸러지는 상념의 가닥들,
더욱 자양분의 소임으로 얻고 느끼는 몫의 들깨 향,
언뜻 빈궁의 터를 다잡도록 그렇듯
가을빛 여울에 그을린다.

들깨 향(3) - 들기름

저기엔 그저 향취가 아니다.

거두어진 결실로 다시 볶아지고 쥐어짜지면

윤기 자르르한 맛의 비밀이 깊은 자양분으로 드러난다.

고소한 그 맛,

익히 아는 사람들의 입담에서

가을 삭이는 맛으로

그리운 시기를 일깨우는 맛이다.

그야말로 신기루,

땅을 딛고 일깨우는 들깨 향,

저기엔 텁텁한 껍데기 깻묵을 남기며

정제되어질

행복감의 진리가 있다.

호박꽃의 중심

꽃그늘을 새겼다.
어둡고 차가운 고통의 처절함이 아닌
따뜻하고 온아한 기운의 소박함을 간직하여 밝듯
시간의 갈무리 여민 꽃이다.
넌지시 덧붙이는 의미심장한 꽃빛의 아침이다.
이슬로 덧붙이는 충만한 환상이다.
가히 호박꽃도 꽃이라는
아주 오랜 변방의 뒤처짐에서 간추려내듯
꽃의 속성이라는 것
삶의 텃밭으로 덧붙이는 기척,
꽃빛 중심의 이력이듯
풍자가 아닌 실제적 경각심이다.
결실을 간직한 꽃,
반사효과의 고증으로 일컫는다.
그렇듯 아직 줄거리의 꽃,
언뜻 눈이 부시도록
가을 어귀 빛난다.

시선의 기록들

무엇보다 다들 상징이라고
세상을 목도하는 과정 중에서 더욱 시간을 얻는다.
누구에게나, 그 무엇에게나 주어진 것은 이토록 골격의 세월,
짐작하였거니 아픔과 고독함과 그리고 이내 피어나는 기쁨과 위로의 것,
그것이 세상 어귀 빛나는 이윤이라고
힘주었을 모든 것들의 절절한 그 이상성이다.

피고 지는 것을 이해하였다고 여쭈기까지
홀로 건네는 깊은 우려와 또는 숭고한 값어치를 두고
날에 날로 도드라지는 것을 외면할 수 없다.
그렇게 시간을 탐하고 쌓아두려 한 그 두려운 몸부림까지
어떤 어리석음도 그만 시선의 기록 풀어낼 것이니
족적의 기준이 더하리라.

걸러내듯 흘려보내듯 온갖 기억들 속에서
허망하게 남겨진 것들은 아직 세상 그 어디에도 없다.
밝히 바라보는 이유 앞에서만큼은 그렇다.
하지만 모진 망각이 터를 잡을 것이면 잊혀지고도 자유로운 듯
끝내 잃어버린 가치를 모를 터,
하지만 다행히도 시선이 종용의 몫을 읽는다.

가버린 뒤안길에서 다시 일깨우는 방향의 몫으로
그렇게 빛나듯 어귀에서 하늘과 땅을 열거하는 대등의 바람들,
내일로 드러날 그 날을 염두에 두고
흐르는 과정을 살핀다는 응시의 초점들,
그렇게 세상을 가꾸는 영혼의 조력으로
다가설 그리운 입담의 환경이다.

반딧불

작은 우주선의 기척이듯 행성을 수놓는다.
어두운 그 중심으로 빛나는 가슴 먹먹한 흔적이다.
가을밤의 등불,
상념으로 거두게 하는 불빛,
끝없는 창공에서 깊은 묵시라는 기억의 닻을 내리듯
별이 빛나는 밤의 거류다.
여린 유영의 심호흡,
땅에 샛별로
여느 동방박사의 길을 얻을까?
그리운 경각심 거듭나는 밤이다.
그렇듯 내비치거니
그렇듯 헤아린다.

들꽃 묵시록

꽃빛 속에 그 할 말이
무수한 연민의 빛으로 번지고 있음이라.
그저 할 말이 꽃빛인가?
그 속에는 이슬이 스몄고 바람이 스몄으며 갈망이 스몄다.
고결한 한뜻 반향의 묵시다.
그렇듯 거두절미한 세상의 메아리
껍데기를 벗었다.
그리고 흔들려도 뿌리 깊은 다짐이다.
진리로 품은 꽃빛,
가만히 불러일으키는 소원,
그저 땅에 떨어지지 않는다.
그야말로 어둠에 속하거나
그저 묻히지 않는
광야로 빛나는 영광이다.

가을을 짚다

한껏 무르익고 있는 가을이다.

익지 않는 것은 가을이 허락하지 않는다.

사색의 광경을 종용으로 이끌어내는 지독한 그리움이 그 예이다.

가을이 무디지 않다는 것을

삶으로 감정을 털어낸 오랜 덤덤함을 깨운다.

파고드는 깊이의 가을이 그렇다.

누구에게나 한결같은 이력의 가을이다.

다시 희어져가는 중심의 기도를 짚는다.

익어가는 기도다.

모두가 그토록 줄서기 기척으로

스치는 가을바람을 얻는다.

눈뜬 조망지다.

낙엽 나뒹구는 소리가

그렇게 망루의 고독을 지핀다.

언뜻 사무치게 하는 것들,

사랑과 이별과 헤아림 너머라고

가을을 짚는 까닭이다.

나서는 거리에 연민의 기도,

모든 상징의 거류가 그토록 처세다.

가을로 더욱 갈급함,

나는 억새 바람 서걱거린다.

상록수의 연민을 읽다

언제고 짙푸른 입담
허허벌판이라도 곧이곧대로 풀어내는 진리
거친 비바람 눈보라 죄다 걸러내는 생명력의 그리운 연민으로
그 무엇을 암시하는 저토록 파란 눈동자,
아득한 땅에서 그 아득함을 풀어내는 갈망의 역설이다.
무엇을 얻고자 하였던 갈급한 땅에서 먹고 마심의 지고한 바람들,
언제나 곁에 두고서 편지를 쓰고
그 편지의 합당함을 읽히는 소중함을 위하여
우린 까닭의 주시점을 외면할 수 없었다.
가만히 응시의 초점을 흐리지 않는 오랜 하늘 아래 초석,
그것은 상록수의 연민이다.
그 위에 얹어진 사랑과 낭만과 더욱 활발한 소원들,
시절 태우는 가슴 뜨거운 이슈에서
생존의 그 이유에서
짙푸른 울타리 엮어내는 상록수이거니
끝내 불어오는 바람,
끝내 가다듬을 그리운 향유의 노래,
상록수 어귀에서 일깨운다.
그토록 우두커니 상징이었다 하였던 것
여명의 심지를 태우는 그곳
봄빛 우러름의 서술로 고옥하다.

잡초의 바다

땅이 아프고
흔적이 아파도
끝내 이어지는 가시거리 물음들,
세상의 잡초를 익히 아노라고 어떤 입씨름의 초석이었던가?
세월은 여느 무심함에도 일깨우는 중심,
어느 순간 가슴 치는 탄식의 소회는 밝혀질 것이라고
유심한 욕망의 터를 뒤척여 낼 것이라고
언뜻 잡초의 바다에서
거류의 항해를 감당하는 어귀에서
비로소 잡초의 닻을 읽는다.
일평생의 닻으로,
어디쯤 내리고 어디쯤 걷어 올릴 것이던가?
출렁거리는 잡초의 바다,
구릿빛 빈들의 땅을 주목하는 것,
눈과 귀를 여는 어느 귀감에
이름 없는 잡초의 기도,
영광의 묵시로 올곧다.

첫서리가 기다려지는 까닭

하마평인가?
잎 무성함이 끝도 없이 두터워지나?
서로에게 걸쳐진 진실과 그 질서는 그 어디쯤에서 잃어버린 바 되었을까?
눈여겨 가을 중심에서
이 꽃, 저 꽃 누가 더 아름답냐고 굳이 어리석게 꽃빛 붉히지 않아도
물론 그럴 리도 없겠지만,
누누이 읽히고 있는 꽃빛으로 들꽃 아름다움,
첫서리는 아쉽다 하겠지만
그래도 드러내고 울려 퍼지게 하였던 숭고함들,
그 시선마저 저버린 탓으로
세상 어귀 하늘 아래 역사적 소명이라고 자처하면서도
중심을 잃어버린 듯
내다봄이 그렇게 어둡고 침침한 듯
그저 무성하게 서로 건네는 공방의 노력들,
차라리 첫서리가 내려 모든 무성함의 결론을 내려 버리듯이
수그러들 그 날이 그립다.
어지럽게 발돋움이라도
곧 가을 끝에서
첫서리가 내리거든 무심한 망각의 입담도
비수처럼 꽂힌 추억을 안고
허허벌판 겨울 길을 숨죽여 나서리라.
가히 첫서리의 세상을 읽을까?
그날이 다가오거든
그날로 눈높이의 꿈처럼
비로소 뒤척이는 소회의 깊은 헤아림,
바람 속에 건넬 것이다.

무서리를 보았던가

가만히 밤새 내렸지만
황막하게 느껴지는 이유가 무엇인가?
연신 무성하던 그 대표적인 잎새,
얼기설기 엮어낸 줄기 위로 파랗던 칡넝쿨의 잎새,
한순간의 힘을 잃고 사그라지는 것
그 현실의 그 풍경을 보았던가?
그곳으로 한사코 여운 깊어지는 시선 아니던가?
거뜬하게 치워버리듯
그토록 무서리 내리는 날,
차디찬 발등상의 기억 밝다 하였다.
무서리의 결과를 보았던가?
세상의 아침으로 무수한 회한의 등경,
여며 밝히는 것이라.
그 뜻을 읽었던가?
그리고 마음으로 보았던가?
거둬감의 역설이라.

껍데기 남기지 않는 진실

짙푸르게 바라보도록
한결같은 고진한 봄빛의 화두
굽히지 않는 여력이다.

소원은 어제나 오늘이나 같은 반향의 뜻
그을리고 뒤척여도 그 무엇도 탓하지 않는
가득한 청청함의 시원이다.

새겨내는 것으로 서려있는 그 진귀함,
한사코 껍데기는 중심의 바른 귀감으로
진실의 고독이다.

결코 남기지 않는 껍데기
알알이 여문 기도의 향유이듯
진실은 그렇게 숭고하다.

광야의 기도를 건져 올리다

저기 고독한 이름을 사랑하였을까?
흔들리고 있다는 그 까닭들을 아픔으로 헤아렸을까?
소망도 그러하였겠지
달달한 그리움도 저만치 그러하였겠지
시간의 금도를 벗어나지 않는 질서 속에 공공연한 곳으로
꽃피고 새가 우는 것도 그러하였겠지
바람결이 젖어드는 바른 고백에서 저마다 흔적들,
거침없이 기도를 내밀었지
몸부림치는 갈망이라고 하였겠지
척박한 곳에서 생명력으로 차오른 기도의 숨결들,
그렇게 타고난 값어치를 이해하였을까?
나의 기도는 묻고 나의 간청은 그렇게 다가서고
또 그렇게 휘파람 가득한 거리에 선다.
아름답다는 것은 무던히도 견주어낸 결실이다.
이름 가진 것이기에
뜻은 더욱 드높고 편만하게 읽혀지거니
낭만이라는 진실한 눈시울이다.
흩뿌려진 울림의 기도를 얻는다.
그것은 심연의 토로다.
망각을 일깨우려 한 지극한 진척,
밤이 지나는 길목,
여명이 밝아오는 곳,
광야의 기도는 그렇다.
반향의 울부짖음이다.

오곡의 단상

결실이다.
오곡백과 너와 나의 결실이다.
울려 퍼지는 진수의 기록이다.
익어가는 곳으로 그 이름들 차별은 어둠이다.
밝게 고진한 곳으로 등경이다.
너와 나의 단상이다.
더욱 들꽃들이 광야의 화두가 되어
오곡의 단상으로 빛나거니
익어가는 것들로
너와 나의 읊조림이다.
진정한 바람,
눈여기고 귀 기울이고 가슴을 열어서
파란만장함 이겨낸 것들을
우러름의 노랫말 기술로
곁들일 계수의 단상이다.

마음을 여밀 때

마음으로 마음을 읽는다는 것

보이지 않아도 보이는 것처럼 느껴지는 것

이미 시선은 가치를 형성하듯

인격적인 묘사를 통해서 가늠하는 것이다.

심리적 요인의 기적을 숨기고 어떻게 기억의 몫으로 성숙하랴?

그렇듯 마음은 보이지 않아도 보이는 것

보인다고 하였을 때

거기에 옳고 그름에 있어서 판단력이 서는 것이다.

언제고 순수한 마음으로 비롯되는 행복한 이력,

어두운 그림자 너머의 빛이다.

생각을 더욱 내던져서

마음이 빛는 정당한 본질을 지킬 것이다.

마음이 보인다고 하였을 때

긍정과 부정 사이에서 절절한 종용이듯

거듭 진실한 열망을 채우는 것

곁들여 선한 영향력이다.

마음으로 마음을 읽을 때

더욱 여물어 이를 그리움이리니

여며 얻을 진정한 결실이다.

상징의 거울

마음으로 얻을 것이면
그 무엇이든지 간에 제자리 그을리는 것들로
장광의 시그널을 읽고 거두며 바라보는 것이라고 응시의 거류
초점의 초석으로 여길 것이다.
내비치고 더 멀리 저편의 기다림을 두둔하듯
어귀마다 굽이마다 보이는 것과 보이지 않는 것들로 인하여
의식하고 느끼며 생각과 기억으로 거울이다.
파란 하늘이 드리워진 곳에서 땅을 딛고 있는 그 절절함,
구름이 흘러가고 바람이 부는 곳에서 그 감촉,
모두가 상징의 어휘를 읽히는 것이다.
어쩌면 흔들리는 갈대를 두고서 갈망의 원함이었다고
뜻을 연민하는 바로미터 계기들,
소망은 어디서나 꺾이지 않았거니, 더욱 거울들,
일깨우는 가치에 대하여 어둡지 않았다.
망각만큼은 밀쳐내기를 다짐하는 나만의 매무새,
그렇게 고독한 영광을 황홀함으로 긷고
다시 내비치는 얼음이라고
사랑의 기도 성숙하게 세상 그려낼 것이다.
흔적은 그렇게 제 몫의 거울들,
누구에게, 어떤 소원으로 물음 남기까지
마음이 거둘 것이면
언제고 여명의 밝기는 언약이 되리니
그 자리 헤아림으로 기도의 골방이다.
영혼의 노래를 잊지 말 것이다.
너와 나의 과제라는 것을,
시몬의(사색) 바다로 닻을 내릴 것이다.
그곳으로 윤슬은 빛나리라.

가을이 나에게 물음이 되었다

어귀마다 두터워지는 사연들로 그렇게 한마디들
가을이라는 준엄한 명제를 자태로 새겨내며
언뜻 나그네인 나를 주목하듯 물음 하나씩 내던지는 뭇이다.
이미 지나간 봄을 기억하는 나는,
그 봄의 푸르른 빛깔과 자라남의 가치와 열망을 새겼고
꽃피는 목적과 광야의 반향 가만히 가슴으로 우려내는 고백이었다.
이젠 여름이 한참이나 지나갔고 무르익어가는 가을,
나에게 장문의 과제로 두둑한 부엽토라는 진리를 고취시킨다.
가을을 읽는 까닭이라고 하였을 때
그 나머지 여운과 그 나머지 추억과 그 나머지 내다봄들,
지극한 가을 맛으로 밝힐 것이었다.
변하지 않는 상징의 기여들,
언제고 때가 되면 그렇게 빛나고 뒤척이고 두둑하였던 것을,
나그네 된 나는 물음 삭이는 기척이다.
그 무엇도 소홀할 수 없는 진지한 화답의 시선들,
흔적의 자리 에둘러 왔거니
그리하여 남은 과제의 그 물음들,
가을이 나에게 묻는 깊은 그 도량의 목도,
나는 나의 영혼을 밝히는 노랫말로
가을 길의 서정을 속삭인다.
놓인 뭇으로 그리운 다짐의 망루,
더욱 내다봄이 밝다고
가을 물음을 읽는다.

제 2 부

소원의 물음을 읽다

가시 꽃의 부엽토

꽃피우려 한 이유가
독소를 품은 가시를 새겨두었어도
자유의 숭고한 환희로 이끄는 절절함이거니
망각할 수 없는 부엽토다.
척박한 땅이라고 익히 거들었어도
뿌리내린 그곳을 옥토라고 새겨두었거니
화사하게 지피는 그 중심의 발현,
무수한 속성의 그리움이다.
가시란 모든 것들의 아픔,
그 속에서 꺼내듯 꽃의 진면목은
소망 살찌우는 위안이다.
아픔 속에서의 꽃,
그 너머에 꽃으로 그윽하거니
꽃빛으로 견주는 심상의 부엽토,
가시 꽃의 사연이다.

소원의 물음을 읽다

응시의 초점이다.

사방으로 흔들거려도 중심의 초점이다.

상징을 내비쳐 소원을 읽히는 깊은 물음의 과제다.

정점은 변하지 않는 것

스쳐 지나가는 여느 소홀함만이 있을 뿐이다.

쇠하여가는 것이 얼마큼 충격이던가?

그렇듯 허허로운 과정을 사무치도록 소원의 귀띔이다.

누리고 있어도 누구의 갈망,

내다보고 있어도 더욱 저만치 남겨진 것

날은 날을 긷고 있으며

바람은 더욱 진지하게 거드는 울림이다.

적나라하게 엿보이는 소원의 물음들,

딛고 일어서는 나그네로 과제이듯

그것은 영감의 천연함이거니

내성 가득히 쌓인 향유다.

귤빛

검은 토양에서 금빛으로 거듭난 환희
탐라의 지척이다.
언제고 소망의 불씨는 삶의 글월로 짙거니
고난 속에 등경 밝히는 염원의 진지한 화두가 되었다고
그 땅 뿌리 깊은 나무는 읊조렸을까?
그렇게 심었으리라.

꽃이 피는 그 시기로 거듭거듭
할 말의 기도가 곧이곧대로 부풀어 오르고
우직한 한라산의 응시가 더더욱
초석의 그리움 지폈으리니
바다 건너 메아리 안고 갈 몫으로
시간의 금빛 건넸으리라.

땀과 눈물의 시도가 가슴 아리는 행복
올곧게 빛나는 짙푸른 초록빛으로 거둔 시그널
이내 꽃빛은 하얗게 여물어
텁텁한 삶의 긍지로 향유가 되었거니
줄곧 바라는 이야기꽃,
귤빛으로 빛나는 거였다.

한 그루, 한 그루, 유심한 손끝 가닿았거니
수많은 열매의 희락과 긍지의 중심,
섬으로, 변방으로 더더욱 갖추어진 꿈,
해무 속에 거듭거듭 축복이었듯
무수한 바람 소리 죄다 묻고 있었듯
돌 많은 곳에 피안이다.

시월의 꽃과 나비와 그리고 사색들

눈길 가닿는 곳마다
발걸음 내딛는 곳마다
앞선 듯 꽃과 나비들
그리고 여기저기 사색의 종용들과 고뇌들,
장광의 풍경 속으로 지나쳐갈 그곳을 익히 시선이다.
무릇 할 말이 깊어지는 것
하지만 가슴이 읽는 곳이면
저토록 빛나는 생애 마력을 두고서
어떤 우러름이라고 할 것이니
그토록 진지함 거드는 시월,
꽃과 나비들의 함성이듯
나 또한 읊조린다.
더욱 바람결이 나로 일깨운다.
천국의 사색을 나는 얻는다.
그렇게 살핀다.

방랑객, 소박함 속에서 행복을 얻다

구슬프게 남겨졌어도
여느 행복감 고취시키는 여지 고스란히 새겨두고
구슬픈 발자국 소리 긷던가?
이름 없이 아름다운 소망의 닻으로
여전히 하늘 아래 빛나는 고백을 엿본다.
기슭으로 서려오는 귀감의 역설들,
사랑이 웃고 그리움이 덕담을 여쭈는 고대감의 기척들,
세상은 그렇게 살아가는 것이라고
힘주어 묻어나는 듯
언뜻 가슴앓이 터전이려니
알고 보면 빛나는 속성들,
두고두고 내다보는 동구 밖 행복이다.
축복이 있는 곳,
긷는 곳,
곳곳으로
일념으로
방랑객 채우는 소박한 담론이다.

상록수의 드러남

한뜻 그 한 목적으로
우직하게 서 있는 상록수의 나무 한 그루 진력이다.
바라는 것으로 읽히기까지
시절을 거듭하여 짙푸르게 새겨낸 봄빛의 청청한 화두,
그 결기로 우린 무엇을 대답할 것이던가?
드러나는 것이라고
여느 지척 그 해 아래 당찬 고백으로 그렇게 조망하였던가?
뿌리 깊은 나무 그토록 고결한 외로움으로
나에게 읽히는 상징의 벗,
오늘이 흐르는 귀로에 정직한 화답으로
내비치는 저편의 외길,
숨기고 또 숨겨도 밝히 드러나는 것이
욕망으로 채우려 한 그 몫의 기대감,
거짓과 아집이 아니었던가?
하지만 지나는 그 외길 따라서
정녕 하늘 아래 시선은 어둡지 않다는 것을
익히 밝히는 짙푸른 심밀의 상록수,
드러난 가치로 진솔한 미학,
소망의 닻으로 읽힌다.

쑥부쟁이 기다림

변하지 않는 꽃빛의 절개
고결한 기다림으로 한사코 빛나는 사랑
누구의 정념으로 복되고 복된 뜨거운 이슈가 되었던가?
그럴 것이런가?
어귀에 쑥부쟁이 기다림
가을 깊은 축복으로 숭고한 결의다.
이슬 내린 땅에서 그 이슬로 깨어나기까지
소박한 진심으로 거둬들일 것들,
혹여 야심찬 어둠 넌지시 꼬집는 화두이런가?
꽃이라는 환희의 애증,
낮추어 빛 발하는 약속의 순수한 덕으로
민낯의 소회이랬다.
쑥부쟁이 꽃빛 발현,
다시 부르는 하늘 아래 연민이다.
너와 나는 지금 꽃빛의 뜻을 풀어
그 어디쯤 머물고 있는가?
저토록 순수한 미덕에서
절절한 꽃빛 이해심
향유로 내줄 것이다.
기다림으로 내줄 것이다.
너스레 없고 이기심 없는 환희,
그렇게 꽃빛 충족이라고
결실로 남길 것이다.

시월, 거미의 바다를 읽다

거미들 저마다
풀잎 숲을 가꾸어 생존력 거류의 바다를 읽힌다.
제 몸속에서 뽑아내는 하얀 실낱의 실크이듯
씨줄과 날줄로 엮어낸 그물망,
시월의 아침으로 이슬 내린 녘에
간밤에 놓인 소중한 보람이듯
절절한 흔적의 풍경 엮어 은빛이다.
거미의 바다로 엿보이는 것이다.
조수간만의 차를 익히 조망하였듯이
거미들 저마다 자기만의 터전을 나누어 갖고서
생이라는 숭고한 기별 풀어낸다.
거미의 바다로 시월이 무르익어 간다.
그토록 시월 어귀로 능숙하고 숙련된 어부의 고백이듯
솜씨 발휘하여 세상 여느 화두에 점철이 되었거니
저기엔 섣부른 욕망도 과도한 욕심의 끈적거림도 없어
시간과 세월의 흐름 거스르지 않고
넌지시 기다림 엮어내면서
세상의 시월로 진풍경 그려내는 거미들의 일상이다.
어느 사람 천정부지의 높은 이기심과 어설픈 욕망,
부끄럽도록 지피나?
이슬로 빛날 시월의 아침,
거미의 어망이 사뭇 묵직하다.

풀 섶에 하얀 그물

밤을 지새운 어부였다.
고독한 숨결로 걸러내고 절절한 열망으로 엮어낸
풀 섶 거류의 그늘이다.
질서를 따라 주어진 터전에서
사뭇 질서를 거스르지 않는 오랜 언약의 진력이다.
그려왔고 나그네 내다볼 세월을 염두에 둔다.
풀 섶에 하얀 그물로 세상 욕망이라는
밀물과 썰물의 시간을 읽는다.
언뜻 세상 바다를 수놓는 시간의 그물,
그 몫으로 진정한 계수의 소산물,
하얀 그물에 내걸릴 만족이던가?
저토록 적당한 식탁의 묘사이듯
충족의 기도는 더더욱 나그네 일상으로 빛난다.
읽히는 풀 섶의 하얀 그물,
한 코 한 코, 엮어냈듯
남은 세상의 소임으로
시월의 아침 거미의 바다는
나아갈 반향의 역설이다.

갓 털 씨앗

이륙의 고독이 꿈을 실었다.
야심찬 가을바람이 상승기류 엿보일 때
익어서 날아가는 꽃씨의 여정,
그 이름이 갓 털 씨앗,
묻혀질 그곳으로 향하여, 향하여
만향의 기도였다.
날아가고 있다.
진기록 같은 신기루 머금고
허공을 날아간다.
목적으로 간다.
거기엔 푸르른 날이
이미 예약되어진
영광의 흔적,
여정의 기류다.

안개 그물

연명의 꽃이다.
갈망의 깊은 심호흡이다.
생명력의 가치를 안개 그물에서 호수처럼 이끌어낸
높은 산등성 안개 그물이다.
메마른 땅이라도
척박하게 물길 막힌 곳이라도
허공으로 저민 안개구름으로
안개 그물은 생명력의 진기록이다.

흥정이었듯
간밤이었듯
아침이듯
맑고 맑은 안개는 그물 속의 결실,
찾아온 기약으로 숭고한 맑은 물빛,
지난한 삶 속으로
촉촉하게 행복이라는 언어
올곧게 저민다.

스쳐 지나갈 그곳으로

그물, 한 코, 한 코에 맑게 내걸리는 안개,

주룩주룩 흘러내리는 기법으로 물줄기가 되어

신기루 같은 약속의 단맛,

갈한 목마름을 적신다.

그곳은 삶의 아침으로 빛나는 것,

신선한 담론의 옛말 간직하였듯

오롯이 남루함 속에 풀어낸다.

- 안개 그물로 물을 얻는 페루 고산족의 삶을 헤아리며 -

시월의 들꽃 이야기

넌지시 찾아온 이야기

한사코 들꽃의 귀감으로 빛나고 있구나.

시름 많은 땅에서 그렇게 부엽토를 일삼고 깨어난 환희,

그야말로 은총이 아니면 그 무엇이랴?

촉촉한 아침 이슬이 더욱 맑게 빛나는 수정 빛 이유 또한 그렇다.

꽃빛이 빛나는 그곳 영광의 물끄러미 얻을까?

그렇다, 진정한 삶의 목도가 그렇다.

세상의 낮과 밤을 어떻게 향유하였던가?

들꽃, 너의 꽃빛으로 지난함이 걸러지는 이유다.

이름 없어도 이름 있는 유력한 꽃이다.

안부의 속삭임으로 충만한 귀띔이 그렇다.

누가 너의 꽃빛 그 숭고함을 하찮다 하였던가?

시절로 꽃피운 시간,

함초롬히 빛나는 영광의 술회,

그렇다, 너의 꽃빛으로 그렇다.

다시 상승의 기도로 가슴 뜨겁고

마음이 설렌다.

내레이터, 들꽃,

과연 그렇다.

소망의 메아리

호젓한 가을 들길에서
깊이 있는 이야기 고독한 줄거리
환희의 정으로 살핀다.
그 무엇보다 더더욱 바라볼 기약의 진정한 몫으로
흐르는 세월 자락 답례이었던가?
어두운 지경 밝기로 소망이라는 그 일기,
기억 창고에 쌓는다.
빛바래지 않는 아주 오랜 그 희망 가득한 꽃빛,
추억 길 가을 길에서 엿본다.
저버릴 수 없는 그 귀로에 너와 나를 축복하는 귀결이어라.
가도 아주 가지 않았던 것,
그곳으로 깊어지는 봄을 지핀 메아리,
언제고 겨울 지나고 나서
위로의 편지며 일기였다.
읽는 마음 그렇게 골방으로 깊어져
내일을 읽는 영원한 갈망이거니
밀물의 세월 뒤척인다.

낙엽이 말을 건네다

뒤섞이지 않고
곱게 물들어가고 있다는 것을
시선 가득히 새겨지듯 관심 있게 쌓이고 있다.
가을빛으로 앞에 놓인 흔적 짙거니
고적한 심상의 그리운 얼룩이다.
그토록 다시 부르는 낙엽 지는 어귀 집시의 노래,
그 엄숙함이야 이루 말할 수 없으리니
그것은 함부로 기댄 처세가 아니었다.
낙엽의 말이 들렸다 하였을까?
나뒹굴며 남기는 그 흔적은 무릇 더하여 진리였다.
영혼의 노래로 헐벗지 않기 위하여
중심의 화두로 되짚는 것이다.
어느 순간 곤고함에 처할 때
이윽고 부르짖는 것
깊은 영성의 귀결로 읽는 거였다.
지극한 그늘 아래서
버릴 것 없는 처지의 역설,
넌지시 낙엽의 말이
귓가로 영감의 서술이다.

풍경이 건네는 그리움

건네지기를 바라였으리라.

응시의 초점으로 그렇게 더욱 뒤척였으리라.

시절마다 어귀마다 돈독한 상징의 어록들,

유심한 기억을 불러들여 그곳으로 서린 까닭의 그 사연,

여명이 밝아오듯

한낮이 하오로 치닫고 있었듯

묵시의 흔적들 풍경이라는 지극한 어울림으로

천연한 사연 속에 사무치는 그것,

익히 건네지기를 바라였으리라.

그것은 움트고 자라고 그리고 또 쇠하여 가는 것,

그렇듯 그 몸부림의 뜻은

아직 남겨진 그리운 갈망이다.

길손의 갈망은 무엇인가?

영혼의 노래가 밝다고 하였던가?

유영의 세상 그토록 값어치로 이를 것,

그토록 경청의 화두,

풍경이 건네는 그리움이라고

어느 나그네 입씨름인가?

풍경이 건네는 그리움,

결실의 간곡함이다.

시월의 나비

노랗게 고운 나비
가을날을 수놓고 있는 그리운 비상이다.
상징의 들꽃이 가을 하늘 아래 얼마큼 절절하다는 것을,
나비의 유용한 바람이 깊어졌던가?
그것은 나그네 이해심으로 더욱 영성의 기도가 되었다.
그렇듯 익히 깊이 있는 갈채다.
가을로 하늘 높음이 더욱 헤아려졌을 때
나비로 읽는 세상이 이토록 지극하다는 것을,
영혼의 응시로 한뜻이다.
풍경 속에 나비가 꽃빛 메아리 얻는다.
나 또한 그 메아리 읽는다.
저마다 향하여 지금이라는 처음,
영원한 영광의 기류다.
그렇게 밝아오는 귀로에서 나는,
시월의 나비, 시월의 꽃,
시월의 무수한 갈망의 일념들,
그리고 시월로, 그 목적으로
나비의 효과이듯
찬연한 바람 읽는다.

시월의 일기

진지하고 진실하다.

깊은 착념의 서술로 절절하다.

저렇게 차오르는 경각심이 어떤 반향인가?

그저 있는 것이 그 어디에도 허탄하게 존재하던가?

조력이라는 가치를 물들였다.

그 누구의 조신함이 영광의 역설로 울려 퍼질까?

돈독한 시월의 일기,

길을 읽고 내다봄으로 더욱 밝아질 것,

몸소 새겨두었듯

광야의 기도가 되었다.

시월의 일기는 더욱 발현하여

덕에 덕으로 짙다.

가을 문안

정숙한 바람이다.

낙엽 흩어지는 어귀마다 오랜 추억이 나뒹군다.

잎 푸르던 지척이 그렇듯 하는 말,

시간이 유심하게 흐르고

세월이 계절을 뒤척이며 오고 간다고

익히 낯익은 곳으로 만감의 하모니 이끌어낸다.

낙엽 지는 소리가 쟁쟁하게 들린다.

아름답다지만 쓸쓸하다.

그럼에도 중심의 가을은 문안으로 바쁘다.

누가 엿듣고 화답의 길을 걷는가?

나뭇가지마다 앙상한 귀띔으로 깊어지기까지

생애 안부는 언제나 유효하다.

그곳으로 정녕 머뭇거림의 시선이거든

그곳이 하늘 아래인 것을,

영혼이 얻는 문안이랄까?

가을 길이, 가을 녘이

익어가는 축복이란다.

그 너머를 헤아릴 것이

심연의 과제다.

개여뀌의 노래

꽃빛을 길어 올렸다.
꽃이라는 단언으로 가을 멋이 당당하다.
그렇게 남겨지고도 누군가에게 얻어갈 선물의 실물,
산물로 거듭나기까지
상징의 축복이다.

부랴부랴 나누어졌으리니
집중이듯 곱다는 명명,
꽃 무더기 이루어 가을바람 새겨내고
소망의 들창가로
깊이 있는 외마디 울림이다.

언뜻 그리운 시선의 꽃이다.
그저 할 말이 없으면 꽃이 아니다.
그렇게 빛나는 꽃이다.
기회의 서술로
가을 어귀 촉매제의 역설이다.

단맛, 짠맛, 쓴맛

마음의 그을림이 맛을 걸러낸다.
삶이라는 지극한 현실감 속에서 두드러지듯
오만가지 자양분의 기별 맛의 지경으로
떠나지 않는 단맛, 짠맛, 쓴맛의 경우를 헤아린다.
느끼고 소원하는 가운데서 거스를 수 없는 삶의 곤고함으로
저마다 느끼게 하는 자양분의 맛이다.
입맛이든 심연의 맛이든
긴긴 세월 버티며 나아갈 경로에
인생의 맛으로
일생의 철학으로
맛의 비밀은 녹아지고 있다.
기억으로 거둘 영혼의 노래는 더더욱 그렇다.
세상 모든 첨가제로
걸러내지는 까닭의 그 놓임,
처음부터 그렇게
비켜갈 수 없는 맛의 비밀,
다 삭히고 난 후,
고백의 천국은 남으리라.

계절이 주력하는 약속

흔적과 경청 사이에서

그 고유한 몫을 이 땅에서 살피는 지혜

무심하여도 이미 질서의 그 밝기는 단 한 번도 어둡지 않았다.

그것은 계절로 읽는 것과 살피는 것과 얻는 것,

그렇지 않으면 망각은 경종마저도 저버리게 만드는 처지다.

계절을 나서는 고백이거니

주력하는 그 약속의 갈무리에서

시간의 금도를 헤아려 마땅하다.

시선이 황막하지 않도록 그을려도 바라볼 저편,

오늘이 흐르는 일상에서

내일로 밝아올 천국의 여명이려니

그렇게 삶을 얻는 것,

계절이 주력하는 주시점에서

약속은 거듭 창조적이다.

소원이 빛나는 역설이다.

세상은 거듭거듭 그렇다.

눈뜬 그리움이다.

가을이라는 포구에서

저마다 능숙하게 닻이 내렸다.
그리고 온갖 제 몫으로 그을렸어도 갖가지 담론이다.
그것은 저마다 여물었다는 것
싣고 갈 것이 이미 선적의 품질로 가을 포구에 쌓였다.
누구든 거드름 피우지만 않고 진솔한 이윤에 가닿을 뜻이면
가을이라는 포구의 그리운 짐작은 더욱 마음 밝히는 설렘이다.
그리하여 남은 때를 위하여 항해의 그 짐작까지도
되짚을 가을 포구다.
예상의 세월은 멈추지 않는다.
그렇듯 갈 바를 축복하는 연민의 과정이다.
가만히 헤아려 자유를 논하듯
지고한 섭렵의 기도를 엮는다.
앞에 놓인 항해 길은 아직 담담함이 요구되는 것
하지만 그곳으로 생애 약속은
포구의 진심을 담아 풀어낼 어휘,
떠나는 길목에서 엿볼 세상 이상이다.
가을은 왔고 그 가을이
다시 기다림의 저편으로 반향일 것이니
가을로 떠나는 이유와 그 이윤,
바람 속에 포구를 나서듯
하늘 아래 짐작 싣는 것이다.

꽃잎의 마음

고운 빛깔처럼
갈고 닦아진 그 꽃잎의 마음
낯빛 더하여 옥빛으로 빛나나니
머나먼 곳으로 띄워 흘려보냈을 그리운 안부,
시절이 오고 그 시절이 걸러지거든
꽃잎의 깊은 그 속삭임
사랑을 부르고 사랑을 얻고 그 사랑에 취하도록
거친 사막에서 비단길 축복이도록
꽃잎의 마음 설렌다.
길을 찾아가는 길
헤매지 않고 깊어지는 그 마음
꽃잎의 마음,
향기롭고 고결하게 빛나는 것
지친 영혼의 노래가 거기 스며들어
천국의 미소가 되리라.
지금이 지금으로 멈추지 않고
내일이 내일 너머를 말해주듯
꽃잎의 마음 그 진실로
그곳으로 가닿는 천연한 사랑이라고
말해주고 귀담게 하는 그곳
그 시절의 꽃잎 그 마음으로
너그럽게 향유하리라.

그리움 그리고

언제고 남겨진 그것
그 너머의 그리운 것을 사랑하리라.
바람처럼 다가와서도 또다시 저만치 기억을 채우는 이유
그토록 사랑하리라.

물음이 가득한 몫의 여울진 기약으로 뒤척이는 행복,
끝내 사랑하리라.

애달픈 날이 짙게 스쳐도
저기 저토록 변하지 않는 그 이윤,
언제고 그리고 사랑하리라.

이젠 더하여 천국의 미학
그 사랑을 부르짖어 그리고 사랑하리라.

아침이 오는 그 시간
또는 노을의 그 시간
사랑이 부르짖는 그리움 그리고 언제고 사랑하리라.

미완의 단언이라지만
돈독한 그리움 그 너머에서
얼마큼 그리고 사랑하리라.

그 시절이 그립게 그리고 연민의 포부처럼
기도 속에 바람 사랑하리라.
끝내 사랑하리라.

그 꿈으로 더욱 그리고 사랑하리라.
그리움 그리고, 또 그리고,
남겨진 영광으로 사랑하리라.

눈물 속에 닻

그 눈물은 변하지 않았다.
그 속에 곧게 내린 닻도 닳지 않았다.
더욱 굴곡진 곳으로 깊어지는 눈물 속에 닻,
어차피 기다리고 외롭고 고독한 이유에서
눈물 속에 닻,
바라고 소원하는 여정의 목마름이라.
세상은 그 어디쯤 젖어들 눈물 속에 닻,
견주어 일깨우는 여명이라고
내일로 젖어드는 그 눈물,
눈물 속에 닻,
저미는 바람결이 고옥하다고
그 이유 일깨움이라.
바다로, 바다로 내비쳐
거류가 되었을 눈물 속에 닻,
떠나고 돌아오는 그 귀로에서
청춘의 사랑과 그 메아리
천상의 음성과 시선 읽도록
골방의 기억 북돋운다.

저 바람 소리, 그리고

여운이다.
스치고 말 것이 아니다.
깊고 깊은 여운이다.
현실감 뒤덮고 있어도 저곳으로 밝히는 여운이다.
그리하여 그리고
그리하여 내일로 저미는 것
그리고 바람 소리다.
넘나들어 되새김질로 부르짖는 저토록 바람 소리,
그리고 또 남겨준다.
소망이다, 소원이다, 정념이다.
저 바람 소리, 그리고
꽃과 나비이며 영원한 진심으로 밝다.
그곳으로 그리고
우리들의 기억 되짚을 것이라.
쌓인 추억으로 기꺼이 말하리라.
돈독한 저 바람 소리
그리고 세상을 다독거리는 그 끝에서
우리의 기도 저 바람 소리
그리고 나로 할 말이 더욱 깊으리라.
그처럼 견주어 여쭈리라.

밀애라는 삶, 그리고 고독한 행복

그 자리 그 몫이 세상 중심으로 숭고하다.
그 어느 지경 애달프게 연민이라 하여도
그 자리 그 울림으로 바람꽃 걸쳤다.
편견 없는 시간이 그곳으로 그 삶으로 흐르고
쓸쓸히 지나간 날들 되짚는 그 몫의 귀결로
행복은 무심하지 않다는 것을,
그리고 얻는 이 세상 이야기 몫이다.
언제고 짐을 꾸리듯
내일의 역량으로 깊은 세상의 고독,
그곳을 밝기로 빛나는 그곳의 여명이라고
천상이 깃든 숨결이 되었음이라.
그리고 더욱 기도하는 어귀,
그곳으로 거룩한 중심을 되짚어 가다듬음이라.
그리하여 삶이란,
너와 나의 밀애라는 것,
눈물 속의 꽃잎처럼
내일로 영롱하게 빛나는 흔적
세상 어귀 중심으로
하늘 헤아림이어라.

제 3 부

나의 갈릴리 빛깔

갈릴리 포구에서

갈릴리 그 바닷가에서
남달리 부르짖는 노래여라.
갈릴리 그 기슭에서 그 사랑
그 이름 가득하도다.

갈릴리 출렁거리는 그 물결
일깨우는 그 사랑의 포말이랄까?
갈릴리 그 포구에서
갈릴리 그 소망.

닻을 올리듯 내리듯
끝내 묻어났도다.

나의 갈릴리 빛깔

검게 그을린 까닭에서

밝게 빛나는 그 까닭으로

나의 갈릴리 빛깔은 묻어났도다.

깊은 아골 골짜기 허덕이던 뒤안길 남겨두고

다시 여명의 밝은 중심의 길로

나의 갈릴리 빛깔은 짙었도다.

소망이 비로소 닻을 내리고

거친 비바람에도 떠밀려가지 않는 그 중심,

갈릴리 빛깔로 새겼도다.

사랑이 묻어나는 진리의 빛깔,

소원의 등경으로 마주 선 부요한 뜻

나의 갈릴리 빛깔로 짙푸르도다.

바다, 그 바다에서

더욱 중심으로 엿보는 갈릴리 여명,

나에게 영광의 부름으로 빛났도다.

나의 갈릴리,

나의 영원한 갈릴리,

오늘로 그 바다로 드리웠도다.

시월의 갈릴리

상징의 뜻이 이토록 짙다.
어귀마다 굽이마다 놓인 까닭의 기적들
유한한 시선으로 무한한 영광을 헤아리는 절절한 진리
그곳으로 부름의 이유가 나의 갈릴리,
영문 모르게 빛나고
반향도 모른 길목으로 나아갔고
그렇게 되짚어 나선 어제와 오늘의 길목에서
나의 갈릴리 시월이
눈뜬 그리움의 가치로 깊어진다.
응시의 기도,
하늘 저편의 진리를 읽나니
시월이 깊어질수록 기억 창가에
이슬이 내린 탓을
가만히 읊조려 가슴 적신다.
모든 시월의 갈릴리,
새로움이라는 길목을 두고
넌지시 천상의 현실감이듯
초석의 시월로 가꾼다.

- 나의 갈릴리라는 의미, 나의 부름으로 읽다 -

그을려도 알았다

삶의 고상한 의미가 나를 깨운다.
의식하고 조망하는 깊고 높은 바람으로 내비쳐
격정의 터를 가로질러 마음이 밝히듯
세월의 유수한 역설이다.

거스를 수 없는 주마등의 아득함과 그 주력의 목적
다시 살피는 앞의 것들로
생애 미학은 어둡지 않다고
어떤 암울한 자리에서 깨어난다.

도드라지는 것을
이미 시간과 계절이며 더 앞에 몫으로
이윽고 살펴지듯
내일의 꿈으로 영혼의 쉼을 가꾼다.

보람이라고 하였거니
영성의 수려한 서정을 위하여
놓인 것들로 더더욱 꺼내는 진중의 고독,
기억이 부르는 천상의 어록이다.

갈릴리, 갈릴리여

밤이 깊었던 그곳으로
깊이를 몰랐던 그곳으로
날의 날로 떠오른 여명의 빛 그 너머로
부름의 아침이 밝았도다.
검게 그을린 삶의 현장 타고난 천성이듯
아득한 꿈 하나, 먹고 마심의 갈망이 전부였을 터
그곳으로 닻을 거둬 올리는 시작,
세상 대전환의 꿈이 시작되었음이라.
갈보리 언덕으로 향할까?
디베랴 언덕 기슭으로 향할까?
유대광야 골 깊은 흔적의 물길 따라
생명의 노랫말 가다듬었을까?
무릇 갈릴리 밤이 깊었어라.
영문도 모를 그 아침의 기다림,
오직 집으로 가는 발걸음 쉼이었으리라.
기도는 그렇게 삶이었고 일상이었고 내일이었을 터.
깊은 밤은 그렇게 고스란히 추억이었을 터,
하지만 그 어떤 무능함이 대수롭지 않다는 것이
하늘 아래 기억 밝았거니
하늘 아래 천성 밝았거니.
갈릴리 바다 언저리에서 밝혀졌거니
비로소 내비쳐 울먹거렸을 뜨거운 열망의 기도였으리라.
가자 가자, 저 열망의 거룩한 예루살렘으로
가자 가자, 그 예루살렘 그 변방으로

가서 허물어진 땅, 기울어져 버린 언덕길 올라서서
십자가의 언덕 부르짖었음이라.
고향의 갈릴리를 두고 그 후, 그 바다에 시름과 고통을 두고
가슴 저미어 왔을 저 천성의 메아리
갈릴리여, 갈릴리여, 딛고 일어선 중심의 땅이라고
내비쳐 말하는 저 소망의 기별,
천하 만민에 가닿을 음성이어라.
그 소명의 닻, 그 소망이어라.

나팔꽃이 밭으로 간 까닭 (1)

하늘색 나팔꽃
줄기차게 줄기를 내뻗어
묵은 밭으로 뿌리내림과 꽃피움의 기회를 얻었다.
밭에서 자란 이유가 없는데
예전부터 그랬던 것처럼 밭으론 결실의 몫이 아니었다.
하지만 2021년 시월의 텃밭,
하늘색 나팔꽃이 꽃빛 바람 한창이다.
그 밭을 가꾸지 못한 처지 때문이다.
밭의 정성을 잃고 무심한 탓을 등에 업고
저만치 변방의 나팔꽃,
밭의 꽃빛 중심이다.
더한층 깊어진 이유,
밭 주인의 아픔 때문이다.
추억이듯 기억이듯 밭의 이익을 주장하였거니
어울려 사는 어귀에 위안 저버리고
옹졸한 심사 어떠하였던가?
그리하여 섣부른 그 욕심도 멈추고
끝 모를 그릇된 욕망도 멈추고
밭은 최소한의 예의를 갖추듯
그 대명사가 되어
그렇게 내려놓은 것이라는
어리석음 밝히는 지혜이듯
쉬 시절로 외칠 마냥이듯
텃밭은 하늘색 나팔꽃 허락하여

밭으로 간 까닭을 읽힌다.
그리하여 인애 어린 조신으로
살아야 한다는 지극한 교훈,
묵은 밭의 꽃빛이 읽힌다.

감은 익어야 제맛이다

가을 중심에서
감나무 가지마다 묵직하게 매달려 익어가는 감,
떫은맛 여정을 삭혀내고
가을 햇볕 뜨거운 그을림 속에
속 깊은 맛으로 한창이다.

살아간다는 이치에서 읽는다.
그처럼 얻어야 할 삶의 맛
비바람 눈보라 스쳐 지나간 이유 그 후에
세상 중심으로 익어간다는 것을
귀감으로 읽는다.

시월의 감나무 외침이듯
순수한 풍경 엮어낸다.
처음 그 떫음이 죄다 사라질 것이니
가을 하늘 아래 덩그러니 익어가는 결실로
광야에 축복 읽힌다.

거기 과제로 남은 그 몫,
여느 감사의 깊은 실제로 인하여
세상 외마디 소망은
지극히 깃든 가슴앓이 열망으로
더욱 갈급한 기도 새롭다.

바다가 보이는 골목길

골목길의 낭만이 짙다.
고적하게 새겨둔 짙푸른 바다로 가는 길
그 바다가 엿보이는 길
여느 골목길의 사랑이, 낭만이
오랜 풍경처럼 내걸렸다.

도심 속에 부르짖는 소리 울림이여
사라져 갔어도 다시 떠오르는 그리운 부표처럼
고상함 그 이상으로 바라보기까지
세상 유유한 골목길 서정으로
구슬픈 애수가 짙다.

철썩거렸을 소음의 시간들
잠잠히 가리키고 있었을 모두의 고독,
삶으로 풀어내고 깊어지기까지
언뜻 스쳐도 그곳으로
길은 바다가 엿보이는 골목길 저편이다.

수많은 기회와 소회와 바람들이
가진 바다를 애달프게 그려냈을 것이니
다시 잠시 잠깐 스쳐 지나는 도심의 골목길 어귀에서
미로가 아닌 드러난 그 닮음이라도
구슬픈 미학의 소원 읽힌다.

- 광안리 바다가 보이는 골목길에 부치며 -

송사리 떼

맑은 물길 따라 송사리 떼 정겹다.
품은 목마름을 삼키며
휘저어 나아가는 맑은 고향의 송사리 떼,
그것도 징검다리 사이 추억의 문지방처럼 순수하다.
강바람 타는 소리가 가슴을 후빈다.
언제고 그립고 소중한 진원지 고스란히 건네는 밀애,
거울 속에 잠긴 시나브로이듯
바라는 것은 원할 수밖에 없다 하였거니
그럼에도 망각으로 무너지는 그 욕망의 허망함,
지혜로운 척 어리석다는 것을
고적하게 건네는 송사리 떼가 밝히는 진리다.
하늘빛이 그리운 맑은 여울,
그 가운데 휘저어 자유로운 울림,
하늘 아래 처지라는 것
이유 있는 현실감을 파고들어
경청의 묵시로 건넨다.

섬으로 시간의 굴곡

섬을 안다는 것은 지독한 그리움이다.
인적 없는 어귀에서 부르짖는 소리가 가슴을 후빌 때
섬으로 곧이 바닷가는 그야말로 외로움,
숲이 되고 광야가 되었다는 것을 이끌려 할 말이다.
휘돌아 나아가는 해변 길 적막함 속에서
삶이 부르짖는 지난한 그 한마음 결기로 채워갈 것이던가?
섬을 배운다는 것은 가까이 초로의 길쌈이 더욱 곧바르게 읽혀지는
것이다.
그저 쉬 내뱉을 낭만이 아닌,
쓸쓸한 그림자 품 안에 서술로 그려내는 것,
그리하였을 때 아름다운 이유가 정녕 일생이라는 탑으로
수평선 망루의 반향을 읽히는 것이다.
어루만져지는 이별의 시간들,
한 송이 해당화의 향기가 섬을 버티듯
섬으로 시간의 굴곡,
거쳐 갈 지난한 역설의 몫이다.
짭짤한 맛과 달달한 맛을 곁들이듯
돌연 해무에 갇힌 추억 풀어낸다.

억새의 고향

사실적 고독이 그렇게 행복이라고
닳고 닳은 땅 심혈로 깨어난 질긴 생명력이다.
언제나 여미는 창가의 이력과 바라보는 저편의 시선까지
기다림의 시간 허투루 바라지 않는다.
거기 모순 없는 상념이 그렇게 불타듯
봄, 여름, 가을, 겨울로 번지며 더욱 휩싸이는 낭만,
그쯤으로 시어의 화두 내게로 왔다.
표현하지 않아도 표현이 되는 억새의 고향,
억새는 그렇게 고향의 등잔이다.
어떤 바람이었듯
서걱거리며 내비치는 일념의 도록,
아득한 풍경 사이 너스레 없는 서술이다.
세월을 익히 걸러내는 흔적의 묘수,
끝내 남겨진 여운의 그 묘수,
이윤처럼 영혼의 계수이려니
하늘 아래 뒤척인다.

가을은 발자국 소리 건네는 미학이다

철든 방랑객을 부여잡고 누구의 하소연이라고
그렇게 고운 닦달이 싫지가 않다.
통상 쓸쓸하다는 것이 낙엽 지는 소리가 그랬을 때
언뜻 바라보게 하는 흔적의 소리가 저만치 귀띔이었던 것
그것은 가을을 긷는 발자국 소리,
그렇게 허튼소리가 아닌,
정작 가까이 염두에 두었던 세상의 화두,
가만히 가을바람으로 씻긴다.
그 길은 천년만년의 그리운 외길이었다.
나아가 마주하였을 곳곳에 귀감들,
그렇게 정들어 울먹거리게 하였을 기이한 탓,
이젠 더욱 시간이 읊조리듯
길고 긴 추억의 여울로 가을이 흐른다.
익어가는 것을 얻는다.
어디든 발끝 가닿는 곳으로 시선도 여물어
중심의 미학 거들고 있었다는 것을,
익히 고뇌에 찬 행복감으로 덤이다.
그리하여 그리운 것을 사랑할 수밖에,
더 이상 변명은 어두운 그림자 자처하는 것,
보이는 천국으로
엿듣는 천국을 그리워하나니
가을은 발자국 소리 건네는 미학이라고
정당한 삶의 기도 헤아린다.

시간은 변하지 않았다

할 말이 기대어 부르짖고 있다.

나무들이 줄지어 숲을 이루고, 낮은 어귀 풀잎들이 파릇파릇

기억의 터를 수놓는다.

흘러가는 비밀이 숲으로 사무치고 있다.

돈독한 기척이 몸부림쳐 세상의 처우 개선을 감당하듯

시간의 닻을 아우르고 있다.

유심함이 새겨지고 뜻을 더하여 묻고 있었을 터에

시간은 그렇게 아직 한 번도 변하지 않았다.

동등한 값어치를 부르짖는 바람 소리 깊이로 거듭나듯

시간은 그렇게 빛나고 있다.

흐름을 가늠하며 나설 시선의 중심이다.

목적이 변하지 않았다.

그렇게 엿봄이 변하지 않았다.

시간은 오늘과 내일로 흐르는 과정,

다시 그 목적을 읽는다.

드리운 것들로 더욱 시간이 중심이다.

가만히 직시하는 현실감,

시간이 변하지 않았다.

뜻을 이루는 관계성으로 충족이다.

변하지 않는 바람으로

시간이 지금 흐른다.

익어가는 기도가 나를 물을 때

성숙해야 한다는 것을
익히 세상을 조망하였을 때 내게로 그렇게 그리운 까닭,
여기저기 시절로 익어가는 것들이 그저 만족으로 다시 허망하지 않았다.
세상을 구슬프게 살아도 원망하지 말자는 완숙한 숙성이듯
익어서 그 후로 버릴 것이 없는 것을,
사방천지 시선들로 거둬들이는 화답이었다.

진솔해야 한다는 것을
흐르는 시간이 저만치 휘돌아 나를 적시는 흐름일 때
일상으로 넘치는 저토록 그리움과 가냘픔과 흔적의 그토록 고옥함들,
나는 그렇듯 바라는 관망이라고
일념의 기도 허물어지지 않기 위하여 애증의 몫으로
세월 속에 건네는 응시였다.

거드름도 아닌 졸렬함도 아닌 것을
익어가는 것들이 읽히는 주마등의 추억과 현실감의 화두로
그렇게 뿌리 깊은 시원의 다짐인 것들,
누림의 보답으로 그저 내비치는 지극한 민낯,
그렇듯 감사의 기도를 가꾸기 위함이라고
여린 몸짓의 벗을 꾸리는 거였다.

맡고 소명할 것을
무려 기다림의 형성이 그렇게 절절하게 엿보일 때
더욱 저편으로 메아리가 되어 견주어지는 반향,
무릇 익어가는 것들이 그저 쌓인 목적으로 그만이 아닌 것을,
얻고 되짚어 추구할 몫의 태인 까닭들,
나는 그렇게 시선의 합당한 기도가 되는 거였다.

빛과 그림자를 읽다

견주어 바라는 관계여
저만치 가까이에서 가까스로 얻은 기억의 영광,
나는 빛과 그림자의 역설로 세상을 읽고 또 읽는다.
그것은 더욱 현저하게 엿보이는 낮과 밤의 여로에서 거듭났거니
나의 일생이라는 담론으로 여명의 길을 주력하는 것이라.
나로 가다듬을 그리운 이유, 빛과 그림자,
초원으로 거듭나는 것이라.
이력의 진솔한 관계여
꽃피는 어귀에서 또는 시들어가는 만감에서
나에게 드리운 소중한 일념의 그 관계,
삶의 진리로 가꾸는 것이라.
세상이 밝히는 눈동자,
그 반향으로 흐르는 관계여
빛과 그림자 너머에서
나는 축복의 이유 끝내 맞으리라.
그 이유 지금으로
다짐이 되어 더욱 나서는 고백이어라.
그리운 시간의 여지가 나를 깨움이라.
끝내 그렇다고.

나팔꽃이 밭으로 간 까닭 (2)

가을날 흔하디흔한 꽃들 사이
하늘색과 빨간색의 나팔꽃 이야기가 하늘 아래다.
그중에 하늘색 나팔꽃 품목이 날아든 곳으로 여느 밭이다.
예전엔 자랄 수 없었던 그 텃밭으로 씨를 토해낸 사연,
그것은 묵은 밭으로 관심을 잃은 탓이다.
아니, 가꾸어야 할 여력의 기회와 힘을 잃은 탓이다.
그 밭으로 가을꽃의 나팔꽃,
지난한 순간의 기억처럼 꽃피워낸 뒤로
유수한 만감의 이력을 남긴다.
그것도 창문 밖 가까이에서
아름답다 하는 꽃의 여명이라고 읽게 한다.
사랑이 울려 퍼지는 고독이랄까?
그럼에도 애달픈 이야기꽃이다.
밭은 밭인데 텃밭으로 나팔꽃이 자라 꽃피운 땅,
올해는 그렇게 한 시절 덕담으로
세상 어귀 나팔수 역할이 절절한 꽃이다.
많은 상념의 이유를 불어넣는 소회,
계절은 깊어져 가고
나는 그곳으로 지난 추억의 화두,
곧게 그을리며
나팔꽃 기회와 그 사랑을 읽는다.
일깨움의 환희다.
고독 속에 빛나는 향유다.
오늘따라 하늘이 더욱 엿보인다.

세월은 강으로 부르짖었다

고인 물은 끝내 썩을 것이고
흐르는 물은 언제든 썩지 않는다는 것을
어떤 부유물 많은 곳에서도 익히 그 존재감으로 흐르고 있었다.
숨은 경각심의 기약으로 그리운 시간을 꺼내듯
세월은 강으로 부르짖고 있었다.
그렇게 엿보이는 그 흐름으로 진득하게 오랜 귀담음이었거니
계절이 터를 잡은 기회의 역설로 도드라지듯
세월은 그렇게 강을 붙들고 있었다.
무엇을 얻고 또 무엇을 잃은 듯
고독한 상념의 귀로에서 너와 나의 기적이다.
담담하게 바랄 수 있는 세월의 강,
강은 세월로 맑은 여울 건네는 지난한 뒤척임이다.
그래도 목적은 하나,
그 한뜻 흐름이라는 것,
그토록 준엄한 질서를 가름하는 몫으로
세상 부르짖는 소리들,
오늘도 내일도 그렇게 더욱 한창,
울림의 몫을 지피는 세월의 강으로
흐르는 강의 세월로
나는 우두커니 닻을 내린다.
아직 실어갈 요량이 남아 있음이다.
그것은 삶으로 긷고 건네는
그리운 충족의 저편 이야기다.

꽃잎이 그을리는 아름다움이라 할 때

황홀함이야 이를 데 있으랴?
척박한 지경에서 끝내 피어난 영광인 것을,
누구에게 얻을 갈채가 아닌 이미 관계로 꽃피워진 것,
도리어 그것은 위안으로 흔적의 기도였다.
아픈 상처를 감싸 안은 이는 저렇게 천연한 멋으로 아픔 삭인다고
그을려 말하는 꽃빛의 기도가 되는 거였다.
유심하게 우두커니 빛나는 들길에 꽃빛 그 외마디는 흐트러지지 않았다.
사랑을 부르짖는 소리가 깊고 깊은 것을,
환희의 중심으로 빛나는 것을,
경험의 고통도 지나가고 비로소 서러운 이야기를 굳이 꺼낼 때
꽃빛은 그쯤의 성숙한 멋을 읽힌다.
어차피 세상 한 소절 그래야 한다는 것,
시절로 바라보게 하는 저편의 기억이다.
내일이 다가오는 귀로에 애끓는 섭렵,
바다는 뭍으로도 철썩거리는 파도를 불러일으키는 것
그 속에 파란 빛깔은 소망으로
청춘이라는 지극함을 읽게 하였다.
다시 얻는 마중물,
꽃잎이 그을리는 아름다움이라 할 때
가슴 뜨거워지는 물음,
귓가에 쟁쟁하듯 깊어진다.

흔적의 균형

소중함이야 어떻게 다 표현하랴?

그저 있는 그대로 그곳으로 중심이라고 할 것이니

무엇이든 뜻이 있는 그곳으로 균형의 방향성은 돈독하다.

높고 편만한 하늘 아래 기대어 있는 그 속성의 까닭,

쇠하여가도 여운은 바람으로 깊어지고 있는 것,

귀감의 소망으로 어떻게 풀어낼 것이던가?

저마다 서린 갈망의 그 간곡함으로 깊이를 더하는 터이려니

모든 집착의 관계성에서 꺼내야 마땅한 저토록 민낯,

흔적은 그렇게 어귀 어귀 사무치는 것이라.

그저 흘려보내듯 무심한 뒤안길을 꼬집는 것이라.

상념의 진지하고 진솔한 기도는 알곡이다.

놓인 그곳으로 천상의 뜻은 얼마큼 진귀한 덕이런가?

흔적이 건네는 귀착의 점진적 가닥으로

닳고 닳은 그 자리 일깨움이라.

그리하여 우러를 것이다.

내다봄의 소망과 그 열망 가다듬을 것이다.

바라는 것들의 실상으로

여쭈어 나설 것이다.

그것은 생애 균형으로 올곧은 것,

여기저기 균형의 그 균형으로

영원한 진리를 읽을 것이다.

시월로 건너는 징검다리

상념이 밝아진다.
어귀마다 거리마다 기슭마다 그 어디든 시월은,
깊어가는 가을로 할 말이다.
무수히 들꽃이 제 몫의 환희로 피어있고
그곳으로 가을 나비들이 비상하며 유영의 벗을 일삼는다.
나그네 발걸음도 멈칫멈칫 두리번거리는 몫의 이윤으로 다가서며
조신하듯 징검다리 이유 가꾼다.
만감의 사색이 깊어지는 결실의 촉매제는 그렇게 달달하고
또한 쓸쓸하고 애달프게 천연하다.
더더욱 그렇게 여미어 바라는 것이라고
힘주었을 가을의 것들,
그저 땅에 것으로 끝나는 흔적이런가?
나그네는 그토록 울타리 너머로 나아가는 것
세월을 살피며 건너야 하는 징검다리,
나아갈 곳이 버젓이 놓였다.
삶을 휘저어 회자하듯 그랬거니
살아가는 몫의 그리운 징검다리,
진실과 사랑이랄까?
시월은 그렇게 밝다.

단풍나무 숲길에서

소리처럼 민감한 것이 있을까?
곱게 물들어 가는 단풍나무 숲길에서
바람 소리 가득한 시를 읊는다.
위안의 그늘이 되었을 단풍나무 숲,
한여름 기억을 다독이며 새겨두었을 이 가을,
절절한 화두의 결실,
오색 찬연한 기도의 흔적이다.

그 숲 사이로 질곡을 걸러내는 기대감,
상념의 일념이 젖어든다.
가을 향수를 빚는 그리운 칭송이다.
고적한 낙서를 풀어내는 문안이다.
그리하여 서정이 곱게 타오르는 길,
길을 열어 마주 선 우직함,
정서의 주마등 밝힌다.

흔적처럼 정직함이 또 있을까?
그 어떤 변명도 아닌 진리의 깊은 상상력 너머
형성이듯 엿보이는 중심이다.
바라는 것이 저토록 간곡한 밀월이거든
숲으로 얻고 내비치는 기척의 시그널,
계절로 얻는 천상의 영광,
숲길로 밝아지겠다.

강기슭에 물안개 피어오를 때

잠시 잠깐이라도
파도치는 결의에 하나가 되었다.
바라보는 귀결이 그렇게 면면히 연민의 서술인 것을
풍경 속에 휘호처럼 찬연한 순간을 피력할 시각적 묘사다.
무구천년의 기약이 묻어나듯
흐르는 강물을 딛고 일어선 물안개,
꽃이듯 할 말이듯 상징이듯
맑은 강물을 필두로 그렇게 외치는 상승,
묶어둔 바람 한곳,
유연한 필연이듯
필사의 사본처럼 읽힌다.

야생화의 고독

계절로 어우러진 시간
꽃빛의 사색이 더더욱 바람꽃으로 빛나는 어귀에서
나는 야생화의 고독을 읽는다.
하지만 그 사랑이 아깝지 않다는 것을 깨달았기에
더더욱 야생화의 고독을 가슴앓이 꽃빛으로 삭이고 나선다.
듬직한 벗을 주목하였으리니
허허벌판 나지막이 울려 퍼지는 바람 소리
내던져야 할 닻이 되었으리니
언제라도 그 고독 꺾이지 않는 바람이었다고
나는 환희의 보람으로 얻는 것이다.
그저 지나칠 수 없는 순수한 응시들,
나는 삶의 문안으로 읽는다.
그 하늘이 어떠하였으며
나의 하늘이 어떠하였던가?
고독은 그렇게 울려 퍼지고 있어도
뜻은 그렇게 깊고 오묘한 까닭이었다고
나를 일깨우는 야생화의 기도,
먹먹하게 새겨 영광이다.

나팔꽃 바람

툭툭 터뜨린 파문의 환희
꽃빛 미학으로 줄기마다 내걸렸구나.
너의 자란 땅은 어떤 하찮은 곳이라고 여겼을 것
그곳으로 꽃의 등경 밝았거니
그 바람이 어디만큼 휩쓸리어 나아갔었던가?
빛나는 꽃빛으로 그 할 말의 기도,
아직 세상은 그토록 눈뜨지 않았다고도 하였을까?
아직 진리의 바람이 너그럽게 깊어지고 있다는 것을,
나팔꽃 바람으로 긷나니
질곡의 터를 수놓는 긍지의 꽃빛 숨,
더욱 드높여 울려 퍼질까?
못내 그리운 화답이듯
가슴 채워갈 부요함이다.

코스모스 길

가지런히 정숙한 길이다.
꽃빛으로 견주어 빛나는 길이다.
천변 유휴지에서 제멋대로 자란 터이지만
질서를 갖추어 읊조리게 하는 꽃이다.
코스모스 꽃바람으로 정들어 가는 가을날이 더욱 빛난다.
쓸쓸함이 고고한 시각적 묘사라지만
코스모스 길로 변하지 않는 희망이다.
나는 꽃빛의 길을 얻었다.
한들한들 화답의 길을 읽는다.
멈칫멈칫 부여잡는 시선의 결실이다.
사랑을 읽는 관망으로
더욱 진지한 까닭이다.
가을 하늘 가닿는 바람꽃으로
영감의 미학이다.

빨간 무궁화(덴마크)

먼 시선의 기억을 안고
이 땅에 벗으로 피어난 덴마크 무궁화 빨갛다.
뜨거운 열망으로 일깨우는 명명의 기도다.
보람찬 기척이다.
누군가에게 위안이고 희망이었을 것을
깊은 사색의 물끄러미 이끌어내는 밀애의 정이다.
녹아든다는 것,
진실로 바라는 꽃이랄까?
반향의 아름다운 길벗,
유심한 날에 천국의 기도다.
이젠 가까이 시선,
적막강산에 터를 외는 소원,
바람꽃 기척 부른다.
그렇게, 그렇듯
그토록 상징의 부요함,
그리운 꽃 멍울이다.

꽃물들일까

마음이 읽는 꽃으로
정감의 기류가 더욱 활기차다.
그리운 속성의 오랜 다짐을 이끌어낸 꽃빛,
청출어람으로 빛나는 것을,
돈독한 이유가 꽃빛의 사랑이다.
언제고 한결같은 시원의 바람으로 빛나는 것을
이젠 꽃물들일까?
소원이 다하도록까지
생명력의 기류 얻는 마음이다.
빛 발하는 꽃빛,
마음이 읽을 때
행복한 여울로 빛나는 것이다.
그렇듯 꽃물들일까?
꽃빛의 관망이다.

제 4 부

나의 초록빛 망루

한들거리는 지경의 방향

흩어지는 곳을
그 한곳으로 쓸어 모으듯
헝클어질 듯 그곳으로 질서를 잡고
계절의 화두를 엮어내는 시선과 감촉과 응시의 초석들,
시대적 표석이려니
연민의 방향은 도리어 또렷하다.

상념의 갈채를 그렇게 진력으로 새겼다고
유심한 터로 갖추었다고
시간과 유유한 세월로 짙게 풀어지거니
뜻을 조망하는 헤아림의 지력,
그 어디든 갖추어진 곳
누림의 은총을 말할 것이다.

이심전심의 고독이 일러지던가?
발등상을 꼬집듯
나아갈 방향과 내다볼 방향이 한곳이라고
한들거리며 힘주었을 터,
지금 너와 나였거니
끝내 드리운 비단길 열망이다.

나의 초록빛 망루

예상은 하였지만
세상은 아직 어둠과 밝기로 거듭 과제인 것
그 속에서 어떤 만감으로 생각의 깊이를 더하느냐고
날에 날로 눈뜬 소원이 메아리다.
균형이 무엇을 내비치던가?
몸부림쳐 거둘 이 세상이라는 지극한 지금,
나는 존재감의 이력으로 생명력을 의식하거니
그 입김의 감사는 어떤 의중이라고
가만히 상념의 여울로 외는 것,
나의 초록빛 망루는 그 여지의 기도다.
내다본다는 것,
그것은 앞에 놓인 이유로 감격하는 것,
어느 날 읽히고 가다듬어진 것을,
오늘로 삶을 꾸리는 가치다.
나를 북돋우는 미말의 것들,
상징으로 일깨우는 망루,
무릇 초록빛 집약이다.

그리움이 가을로 물들다

그리움, 그것은 내 마음속에서 변하지 않았다.
어쩌면 무릇 농익어 바라보게 하는 자양분의 묘수처럼
계절가지 끝에 매달린 청춘의 소회였다.
사람이 살아가는 곳곳으로 그렇게 너절함을 추스르는 밀애,
흔적의 향수로 진득하다.
저마다 얼기설기 얽매여 있어도 줄기차게 내비치는 중심의 질서,
사람이 열망하는 몫으로 가슴 뜨거운 진심이다.
그리움, 그에 따른 만병통치약은 없으리니
그저 그리워하는 것,
그저 사랑하는 마음 내비치는 것,
그렇게 설왕설래 쌓이고 나면
인생의 가을도 그처럼 물드는 것이라고 하리니
누구의 일념이 그렇게 곧바르던가?
삶을 내디뎌서 행복하다.
인류의 공통적 귀감이어서 축복이다.
애증의 달빛 엿보아도
미학의 지름길 갖추었으니 이토록 가을은,
그리움도 익어가는 귀로,
청춘의 메아리 쌓이는 곳곳으로
삶의 그 형성,
그리움이 가을로 물든다.

갯돌들

언제 부서진 그 끝으로 더 이상 부서지지 않았다.

단, 닳고 닳은 흔적으로 수억만의 한뜻 둥글둥글하다.

그리하여 밀려오는 파도에 쏴아 자그르르,

밀려나는 파도에 자르르, 자르르,

어느 하나 모난 부분은 죄다 다듬어지고

그저 바다에 기대어 바다를 침잠하는 집약의 문양이다.

얻을 것이 놔두는 것,

바랄 것이 더욱 놔두는 것,

그리고 추억의 외마디 풀어낸다.

여기에서까지 그 어떤 바람이 욕망의 닻이랴?

닳고 닳은 흔적의 기도가 되는 것,

파도는 한순간도 멈추지 않는다.

갯돌로 제 몫을 응시하고 있는 것이다.

사람의 응시는 어디쯤 제 몫이랄까?

그을리는 몫으로 발자국 소리,

그렇게 가슴 채울 것이다.

그것은 닳고 닳은 것,

그래서 기도를 얻는 것이다.

- 보길도 예송리 갯돌에 부치며 -

103

바다의 기도가 나를 깨울 때

나는 그 바다에 서 있었다.
그 바다에 발을 담그고 마음 담그고 삶을 담그고 서 있었다.
피부로 와 닿는 질퍽한 고독이 나를 묻고 있었다.
검게 그을리는 현실감이 나를 묻고 있었다.
천국을 소망하는 나는 그 바다로 울먹거리고 서 있었다.
때론 아우성의 절박함을 홀로 삭이는 기도가 되고 있었다.
점점 물끄러미 깊어지는 그 바다,
파도는 쉼 없이 나를 채득하듯 깨우고 있었다.
밀려온다는 것을 익히 살피게 하는 것이었듯
그리고 흘러간다는 것을 살피게 하듯
검푸른 바다는 아픈 시련의 이유까지
돈독한 과제의 값어치라 하듯
경험의 바다로 나를 등 떠미는 바다였다.
나는 그 바다에 웅크리고 있었다.
벗어날 수 없는 절박한 짐을 지고 있었다.
그래서 밀물로도 그렇고
썰물로도 그랬듯
나는 그 바다에 닻을 내리고 서 있었다.
그렇게 길어 올린 까닭으로
나는 오늘 세상의 바다 그 한가운데서
여명의 바다, 노을의 바다,
천국을 앙망하는 닻을 내리고 있다.
삶이라는 엄연한 그 두둔함 속에서
경험의 바다로, 나아갈 바다로,
기도의 역점 일깨우는 것이라고
마음 여는 새날의 기도를 가꾼다.

시월 한파

가을을 반쯤 먹었다.

악착같이 달려들어 끝내 빼앗아갈 기세로 송두리째 닦달이다.

다들 아는 뉴스는 64년 만의 오는 시월의 한파라고 한다.

초야에 기도가 움츠러들었다.

알고 있는 시기를 뛰어넘어 움막이 비상이다.

하지만 그런대로 가을은 넌지시 놔두고 바라는 일념의 풍경이다.

찬 공기 더운 공기를 경험하는 세상,

지금 모든 창밖의 것들은 현실감의 추위를 겪으며

눈을 들어야 마땅한 현시적 규율로 상념의 바른 기억 서린 난장이다.

밀물처럼 밀려오는 계절의 이유,

나는 시선의 그리움 일깨우는 천연한 규범이라고

낙엽 나뒹구는 소리에 귀 기울여진다.

그야말로 응시의 울창함이다.

하늘이 더욱 가까이 드리운 진력의 하모니다.

아직 짙도록 가슴에 남겨진 몫은,

사람의 긍정 뒤척이는 소임이다.

너나없이 고뇌에 찬 삶의 어원이 짙거든

기도는 더욱 응시의 화답이라고

시월의 한파를 두고 내다볼 기회일 것이라.

그렇듯 그 반쯤의 가을도

아직 낙엽 그리운 소리 남긴다.

찬바람

변하지 않았다.

어디에서 불어오는 찬바람 여전히 차갑다.

결실로 할 말은 어디쯤에 가닿는 감사의 기도일 것인가?

그런 기회도 그저 막히지 않았다.

창밖의 기회라고 지난 여름날의 무더위도 역설적이었다.

찬바람이 새침하게 눈을 뜨고 있다.

그럼에도 무엇에 대한 과도한 욕심으로 끝내 머뭇거릴 것인가?

비수처럼 꽂히듯 시린 촉서의 일깨움,

삶의 경로를 휘돌아 여운의 물끄러미 결실로 가다듬게 한다.

차디찬 바람, 그저 지나갈 곳이 있었던가?

높은 뜻의 시선으로 살펴지듯

그렇듯 광야로 귀띔의 심호흡 꾸려낼 몫이다.

그저 부는 바람이 있으랴?

유영의 바람결이 어디에서 어디로 올곧다.

그렇듯 시작과 끝이다.

처음의 목적으로 여전히 그 목적이다.

그토록 일깨움 너머의 것,

찬바람 어귀로 읽는다.

단호박 이야기

고목의 밑동처럼 줄기를 형성하고서
그야말로 쭉쭉 내뻗어간 줄기를 필두로
중간중간 여문 호박 덩어리 풀 섶으로 보물찾기다.
아무도 예상 못 한 곳에서 숨은 열망의 규격을 갖춘 호박덩이들,
내일의 찬바람이라는 소식을 두고 오늘로 거둬들이는 가을 결실의 풍족함,
그렇게 호박꽃은 피었나 보다.
겉은 푸르고 속은 샛노랗고 맛도 군밤 맛의 버금이라고
단호박 이야기가 번지르르하다.
그야말로 그 맛이 그렇다.
알 수 있거든 더 이상 그 무슨 이유이더냐?
세상에서 꽃이 아닌 듯 꽃을 피워낸 그 진력으로 화수분,
가을 어귀에 중심을 지킨 단호박,
고향 가장 가까운 식탁의 결기로
오랜 진자리 버틴 옥석의 기류,
시골집 품 안에 익어있는 그 알참으로
그리운 입담의 입담,
소박한 진념의 행복 지킨다.

가을로 씨앗의 길을 읽다

계절은 달려왔지만
더욱 계절의 달려갈 그곳으로
아직 끝이 아니라는 것을 나는 읽는다.
가을로 여문 씨앗에서 나의 달려갈 길을 읽는다.
그토록 드러난 바람의 기약이 얼마나 소중한가?
기억 속에 가을 그리움,
이미 겨울바람은 가로질러 나아갈 것이다.
나는 가을로 씨앗의 길을 읽는다.
봄으로 깨어난 거룩한 그 꿈은
세상 어귀 빛나는 영광이다.
그리고 숭고한 희망이다.
나는 꽃빛이 남긴 씨앗의 길을
가을 어귀에 시선으로
그립고 고결한 추억으로
나는 가을 씨앗의 길을 읽는다.
그리하여 나는,
나의 가을이 영원하다는 것을,
이 땅의 소망으로 읽는다.
나도 가을 씨앗의 중심이다.

쑥부쟁이 시월

일제히 일어선 꽃빛의 함성
들꽃의 기개로 화사한 기척이다.
해맑은 추억의 등장이다.
해마다 이맘때면 어김없이 도드라지게 꽃피워낸 약속으로
바람도 깊어지고
사람의 생각도 깊어지고
그리고 시절의 기억도 그리운 밀알이라는 가치에
이유 있는 멋이다.
시월은 모름지기 빛나는 할 말
쑥부쟁이 화두다.
화수분의 깊고 넓은 발현,
닻으로, 닻으로 내리듯
부요한 묵시록,
광야로 음성이다.

억새꽃들의 기도

휘저어 이끈다.
가을 깊은 바람으로 휘저어 이끈다.
바라봄이 애달픈 쓸쓸함이 도드라져도
무심코 내뱉은 고적함이 아니다.
저토록 기도는 내 마음의 풍경이다.
직시할 수밖에 없는 삶의 서정이다.
봄부터 이어낸 저 광야에 사무치는 기도,
세상 어귀 판화처럼 그려낸 상징의 지극한 의도,
그리고 내비치는 간곡함,
뒤척여 이끄는 기도의 묵시다.
세월을 긷는 바람으로
휘젓는 가을이다.
낭랑한 기별로 나그넷길,
외마디 거든다.

바오밥나무의 꿈

진실로 보았다는 그 말이
우직하게 빛나는 바오밥나무의 실체다.
절망을 딛고 힘차게 비상하려는 그날에 귀띔이라는 꿈으로
깃들어 외는 흔적의 심호흡이다.
어느 변방의 순수한 눈동자를 지켜낸 보답이고 보람이듯
흔하디흔한 정처가 아닌 광야에 닻을 내린 진귀한 그 이유,
그곳으로도 봄이 오는 소식
살아갈 날들에 귀감으로 새겼다.
바라볼 수 있는 긍지의 시간으로 그 시선의 망루,
꿈은 그렇게 세월 머금고 변하지 않는 그 자태로
능숙한 소임의 소망이다.

벚나무 단풍 이야기

먼저는 꽃빛이었고
그다음은 짙푸른 잎새였고
그다음은 성 차게 단풍의 시선 울창하다.
모름지기 사색은 닻을 내리고 있는 세월 바라기 고독,
그다음이듯 벚나무는 앙상한 나뭇가지 겨울로
나그넷길의 초석이듯
시절 그림자 어둡지 않으리라.
거듭하여 바라보게 하는 그토록 망루의 창가,
시리고 목마른 군중 심리를 걸러냈을까?
흔적으로 서 있는 탓을 서정의 깊이로 살필 것이었다면
경계심의 합당한 경각심이려니
살아갈 날들로 가로수길 그토록 밝힘에서
정서적 순수한 갈채로 이유 있는 직시라고
가을이 깊어가는 여정에서
무르익어가는 심상의 아름다운 이윤,
기류적인 소망으로 이야기 길벗이다.

낙엽 갈피

두터워지고 있다.
내다보고 살피는 상념의 어원이 깊어지고 있다.
누구든 그 앞에 무심한 옛말이 아니다.
그리운 새싹이 터를 잡듯
꺾이거나 묻혀지거나 망각 속에 처해진 그런 수순이 아니다.
한 그루 나무가 진정한 까닭으로
삶의 어귀 수놓는 그쯤에
낙엽은 진리로 토로한다 하였던가?
쇠하여가도 사무치고 있다는 것을
고적한 가슴은 안다.
그리고 남겨진 몫을 진솔하게 읽는다.
그동안 두텁게 엿보이는 상징의 화두,
움트고 짙푸르고 낙엽 곱다 하였거니
누구에게 한마디 그 한 소절 위로였다면
낙엽 갈피의 그 두터움,
그야말로 세월 나기 봄빛 시원,
생애 줄거리로 깊어지리라.

세모네모

앙상하게 찢긴 매무새로
닳고 닳은 몽돌의 사연 열거하였다.
밀려와 부서지는 파도는 감추려 해도 감추어지지 않는,
어떻든 사연의 밑바탕,
더욱 가로질러 깊어졌을 아픔이다.
사방을 두리번거렸을 진실의 올곧은 역설,
스러져갔을 어떤 허망한 열망의 진력 속으로
언뜻 비수가 되어 일깨워졌으리라.
역사적 소용돌이 그대로 변방의 이유라기보다는
세상의 비바람 눈보라 버티고 나선 이름 없는 풀잎이라도
그곳으로 봄이 오는 소리
들썩거리는 무구천년의 기도여라.
비단길 시간은 죄다 지나갔어도
아니, 처음부터 그 순수함 어그러졌어도
변형이 아닌 변주곡의 기류였거니
세모네모의 사연 가다듬어
닳고 닳은 진취적 소임이라고
영원한 진취의 기도,
바람 속에 엮어내듯
검은 그림자 속에 밝다.

가을 초로의 일기

이젠 잦아들어야 한다.
그렇게 부름 받은 땅으로 더욱 잦아들어야 한다.
그럼에도 그 부름의 땅을 움트고 짙푸르게 빛나는 것을,
여운으로 남겨야 한다.
고통의 땅에서 풀잎이라도 결실은 중심의 세상을 버티는 것이다.
나무마다, 낙엽이 물들고 뜻이 빛으로 거듭나는 곳에서
낮추어 빚어지는 무구한 속내,
바람 여울로 채워야 한다.
그것은 허망하지 않은 숭고한 일기,
더더욱 길을 외는 신망의 몫으로
귓가에 쟁쟁하도록 읽혀야 한다.
땅이 부르짖는 소리로
귀띔의 속내 읽어야 한다.

가을바람의 연민

거침없이 불어와서
어떤 다짐의 노랫말 풀어내듯이
가을 기운 속에 닻을 내린다.
나에게 소중한 바람결이라고
나의 앞선 걸음이듯
그리운 초석의 고백이 나를 일깨운다.
이 계절로 곱게 물든 이름 하나
소중하게 꺼낼 것이면
행복은 이미 물든 너머에서 기다리듯
가을바람의 연민,
그 외길 따라
조망지의 고독을 살피고 있으리라.
이미 나의 마음속에는
여문 가을이 또 하나의 흔적으로 자리 잡았거니
세상을 붙들고 부르짖는 소리소리 기대치여라.
바람 따라 나아가는 감성의 호소,
언제든 어두운 길이 아닌
밝게 빛나는 그 외길의 축복으로
이젠 기꺼이 얻은 바 되었거니
세상 모든 조력의 숨결 따라서
더욱 가을 편지를 쓴다.
그것은 연민의 시간들,
바라봄으로 희망과 소망이 짙게 묻어나는
그 여지,

가을바람으로 나는 일찍이
바라는 시간의 몫으로
다시 깨어난 하모니 살핀다.
세상 바다에서 긷는 것
나의 영혼의 노래여라.

사랑의 미로

바람 부는 거리에
더욱 길을 걷는 나의 고백이여
그대 사랑 여물었다고
그대 그리움 짙어졌다고
벌새처럼 꽃잎으로
꿀맛 단맛
깊어짐이어라.

낙엽 나뒹굴고 있는 어귀에
소망의 등잔 나의 기도여
그대 사랑 하나였다고
그대 이름 깊어졌다고
벌새처럼 날갯짓 열망,
진심으로 바라고
진심으로 새겨둠이라.

검은 눈동자

균형으로 바람으로
검은 눈동자 빛나지 않던가?
진실과 사랑이 그토록 사무치는 못이라고
깊어지지 않던가?
착념의 세월 무수한 시선 거들어
고독한 희망의 불씨 지키듯
바람 많고 돌 많은 곳에
화석처럼 번져버린 그 땅에 검은 눈동자
억압의 귀로에서 눈뜬 진리의 함성이어라.
타오르고 타올라도 꺼지지 않는
뜨거운 그 관망,
누구의 어리석은 이유,
묻고 또 묻는 못으로
검은 눈동자 빛나고 있음이라.
아픔이여,
슬픔이여,
이젠 동백꽃 낙서여,
멍들어도 꽃이 되어
피어나는 계절이어라.
그 꽃망울이어라.

하룻길 회상

나는 한 날 하루를 영광으로 누렸다.

그 하루가 내게 묻고 있었다.

시간은 여전히 나의 처음을 일깨우며

현실감으로 흐르고 있다.

천년의 기억을 어루만지듯

되짚고 헤아려도 이토록 하루가 기적이며

영광인 현실로 말해주고 있다.

그렇게 밤을 맞이하고

그렇게 낮을 맞이하고

나는 지금 지구의 극점이듯

의식하고 살피고 느끼며

나는 한날 하루를 어제와 오늘의 감격으로 누렸다.

삶의 고충은 그 어디나 있는 것

그 사이를 헤집고

그 사이를 돈독하게 뒤척이며

나는 그토록 하루를

시간의 방향으로 누렸다.

언제나 하룻길

그 영광은 이토록 존재감 의식하며

말할 수 있는 상록수의 일념이듯

내일의 영광으로 읽는다.

노을은

노을은 구름을 태우는 숯불이다.

벌겋게 가슴을 태우는 숯불이다.

그렇게 어느덧 또 하루 뜨거움과 차가움의 반전이랄까?

긴긴 여운의 시간으로 붉게 타오르는 여운의 숯불이다.

기억으로 할 말이 고스란하리라.

저기 노을빛에는 아쉬움과 긍정이 짙게 배어나는 것,

어쨌든 나에게는 하루를 누리고 살았다는 영광이다.

그렇지 않다면 저 하룻길 끝,

노을은 어떤 영문이라고 속삭여야 마땅할까?

그저 밤으로만 가는 길목만이 아니라

깊은 시간의 덤불을 뒤척여

새벽이 오는 그 시간을 여명의 갈피로 깨어나리라.

그리하여 노을로 지독한 결실의 숯불이라.

잠시 잠깐이지만 노을빛,

회한을 태우고 열망을 태우고

그리고 더더욱 내일로 긷는 것,

간곡한 소망이라는 이글거림,

노을로, 여명으로 숯불이다.

풍경이 읽고 있는 정류장

1.

산골 마을 어느 그쯤엔

더더욱 장날이면 길 떠나는 설렘이 있다.

낙엽 휩쓸어 모았을 조그만 정류장 의자에는

농익은 촌로의 마음 등잔이 밝아진다.

초야에서 걷어 올린 그을린 얼굴에 주름진 탓을 품고

하루 몇 번의 서고 떠나는 버스 시간을 예상하고 있다.

쓰다듬었을 그리운 바람결이

새삼 휘돌아 가깝다.

2.

그 누구에게 거추장스럽고 엿보일 것도 없는

굽잇길 휘돌았을 추억들,

오랜 세월 마을 어귀 고즈넉함 속에 거짓도 없고

오랜 산 그림자 너스레 없이 깊어지는 것

그래도 멋 내기 값어치로

삶을 조절하는 바람 곳 아름다운 시연,

장터로 가는 기다림이

일생의 파란만장함 숨죽인다.

3.

저쪽으로 가면 이웃

이쪽으로 가도 이웃

두리번거리는 나이 든 촌로의 눈가에

혹여 안부가 깊어지는 진심이다.

그 어떤 가식도 없는 정류장의 하품 같은 풍경,

그저 스쳐 지나가는 차량들이 가끔이다.

조금은 낡고 빛바랜 정류장 현판의 고독이

가슴 뜨거운 애증 아우른다.

일찍 일어나는 새가 싱그러운 공기를 마신다

깊은 밤은 밤이슬로 깨어있는 시간이다.

지나간 기별을 추억으로 북돋우며 깊어가는 시간이다.

높은 하늘에서 내려오듯 맑고 투명한 기운으로 이슬은 싱그럽다.

그야말로 깊은 밤에 아침을 기다리는 것이다.

부름이 있고 깨어있는 곳이 있는 그곳으로 진력의 세상은

바로미터 지금으로 태워지는 것이다.

새는 울음 짖는다.

그 몫의 투명한 소리 갖추어 세상을 수놓는다.

울려 퍼지고 사그라지는 기척이라도

그 소리는 세상의 중심을 가로질러 청량한 까닭이다.

그곳으로 언제고 일찍 일어나는 새는,

세상 진실로 깨어났고 그 실현으로 충만하다.

보다 더 세상이 훤하고 적막함 속에 사색이 짙도록

이른 아침을 외는 것이다.

그런 능청보다 더한 진지함이 또 어디 있으랴?

눈뜬 그리움은 싱그러운 아침을 맞는다.

세상의 일찍은 천년만년의 처음이고 그 시작이다.

촉촉한 이슬이 만감의 기도가 되었다.

그로 빚어지는 일찍이라는 세상 저편 가까이다.

생각이 많아질수록 뜻도 이슬처럼 내리는 것

이토록 버젓이 드러나 있는 세상에서

하늘 아래라는 기이한 단언은 삶의 기도 밝도록

열망의 목적과 그 향유의 가치를 덧씌운다.

세상 그 어디쯤에서 일찍 일어나는 새는

세상 청아함의 기도가 되는 것이다.

울며 나는 새,

세상 휘저어 고차원적인 상승을 이끌어내는

미래적 그리운 소수점,

바람이 깨어나는 이른 아침으로

유영의 영원함을 일깨운다.

일찍이라는 그 순리적 질서로

영광의 묵시적 화답이다.

고향의 묵시록

사실은 보다 더 그랬다.

세상의 긍지는 고향으로 거듭나는 덕담이다.

긍지는 텃밭의 감춰진 보화처럼 키웠다.

언제고 하찮음을 뛰어넘는 사랑과 그 소중한 마음,

씨를 뿌리는 기억이 채웠다.

귀소본능이라는 것은 그 어떤 명예욕도 뛰어넘는다.

사려 깊은 욕망을 불태우는 민낯이다.

빈들의 소리를 짚고서도 그리운 안부의 묵시를 내건다.

무릇 가슴이 추억을 구울 때

고향의 기도는 간곡하였다.

언제고 익어가는 것들로

부엽토의 숨 내쉰다.

들국화 피는 약속

견문록 펼쳐 보이듯
까마귀 까악, 까악, 울며 나는 길조였다.
풀잎에 맺힌 이슬은 보다 더 맑은 눈망울처럼
모든 수고로운 기류에 젖어들어서
세상을 읽는 모진 시름 너머에 여력이다.
계절로 드리워지는 사색의 경점,
사람이 사는 땅으로 진리의 물끄러미,
향유의 시선 충만하다.

꽃피는 기억을 가꾸었다.
그 어디 편견 없는 갸륵함의 도드라짐,
세월마디 견주어 이를 그리운 반향의 숭고한 밀애다.
다시 어떤 이별 앞에서
그저 조문의 기억 그뿐이라고
삶의 어귀 균형 깡그리 망각할 수 있으랴?
광야에 소리가 되어
울려 퍼지는 들국화 피는 약속이다.

여쭈어 말하리니
환희로 긷는 시간 속에 움집 같은 반향,
약속은 어디든 지표다.
기도의 메아리 이끈다.
절절한 흔적의 그리움은 매한가지
땅을 뒤척여 깨어나듯 바라보게 하는 것들,
시간의 금도를 저버리지 않는 것,
들국화 피는 정은 영광의 진리다.

가을 풍경 속으로 기도를 건네다

시시각각 하늘 높은 곳으로
구름의 살핌이 천국의 문지방이다.
비록 땅에서 뒤척이는 지극한 만월의 갈망이지만
도드라지도록 새겨내는 가을 풍경 속의 진지한 화두들,
누구의 소망의 닻으로 귀띔이고 고고함이런가?
그저 흘려보낼 수 없는 직시적인 현실감들,
그야말로 세상은 준엄하다.
이렇듯 살아가는 날을 망각할 수 없다.
잊어버린다고 잊어버릴 수 있었던가?
오늘이 가도 내일이 오늘로 이르는 지고한 까닭에서
그날의 기도는 한층 그리운 것,
시름 골짜기 건너도 가파른 기슭을 타고 오르는
너와 나 몸부림의 진척은,
세상을 읽는 지척의 결실적인 요소다.
그리하여 세상 드리운 과제들,
자유와 평화라는 지고한 단언 속에서
흐르는 세월은 다시 가을로 여미는 역사다.
삶이라는 중심의 기도는 그렇듯 물음이다.
더더욱 생명이라는 그 당위성은 고결한 상징이다.
익어가고 깊어가는 가을 속으로
그리하여 건네는 나의 기도,
하늘과 땅 사이 꽃잎 그리운 영광이라고
중심의 언약 살핀다.

가을 만감

색은 깊고 그 터는 넓어서
비로소 생각이 그 오랜 과정을 쓸어 담는다.
저마다 서린 서정의 목마를 타고서 내다볼 기억으로
세상 드리운 고결한 이해심의 낭만 가득한 만감,
낙엽은 떨어지고 바람결은 소스라치고
더더욱 가슴앓이 독백으로 타인의 정까지 읽는다.
그동안 상처 입은 슬픔이라도 계절은 성숙하다.
미완의 꿈은 언제나 저만치 놓인 단상이다.
여전히 세상 한낱은 무엇에 의한 그리운 보답,
사실적 영광으로 읽혀진다.
보랏빛 향수가 서둘러 어떤 낙서 위에 서리고
절절한 미학의 진력이라고
가을 만감 속에 더더욱 가슴 뜨거워진다.
어디쯤이던가?
천년의 소리가 꺾이지 않고
그 소리가 화답이 되어 울려 퍼지는 이때,
가을은 그 녹록한 여울 속으로
너와 나의 고백이었듯
진리의 바람꽃 상징하였듯
가을 나무 곁에서 돈독한 상록수의 심혈로
가을 귀감 밝히는 고백이 된다.
그리운 시간의 그 연민 가득함,
가슴 저미는 만감의 서술로 여민다.
그리하여 계절의 운집이듯
바라고 소원하는 편지로 읽는다.

제 5 부

나의 짙푸른 상승의 기도

푸르른 날에 푸르른 뜻으로

고독은 언제나 나를 밝힌다.
지나간 길에서도 다가오는 길에서도 여전히 나를 밝힌다.
생각이 많아질수록 마음도 깊어지는 아득하고 진실한 까닭에서
세상의 푸르른 뜻을 살핀다.
울먹거려도 화답의 진지한 경청들,
무엇을 얻고 그 무엇을 더욱 바라는 것들로 내다봄,
그렇듯 원하고 소원하는 것이다.
그랬다, 쇠하여갔어도 다시 깨어나는 진리의 숨결들,
척박한 땅에서 척박함으로 끝나지 않고
다시 봄이라는 숭고한 역설이다.
그저 끝나지 않는 세상의 진리,
일깨워 얻은 몫으로 누리는 다짐의 기도,
기억의 강을 수놓는다.
그것은 푸르른 날에 푸르른 이유,
영광의 회복 읽힌다.
나의 시선 밝힌다.

나의 짙푸른 상승의 기도

세상 걷잡을 수 없어도
놓인 그곳으로 나는 이렇듯 서 있다.
생명이라는 진귀한 현실감의 역설로 나는 의식하는 것이다.
나의 나됨의 바람이여,
나의 영혼의 그리운 바람이여,
길가에 우두커니 뜻을 키우는 상록수의 귀결이 나를 일깨운다.
청청하다는 그 기이함에 대하여 세상의 아침이다.
처음이라는 살핌의 대하여
이렇듯 준엄한 인식의 귀띔에서
나는 지극한 화두의 화답으로 서 있다.
영광의 지극한 약속을 저버릴 수 없는 지극함에서
나의 생명은 나로 하여금 언약을 긷는 삶이라고
시선의 진리로 깨닫는다.
바람이 부는 그곳으로 세상은 이렇듯 엄두,
나는 나의 고백으로 얻은 것을
세상살이 화답의 열망과 영광으로 간추린다.
내다봄이 이렇듯 진리의 저편,
세상의 날들 빛나는 이유라고 거듭거듭,
영혼의 진리로 가다듬는다.
그것은 나의 짙푸른 상승의 기도,
옥빛처럼 빛나는 영성이다.

쑥부쟁이, 그 사랑을 말하다

잊지 마라 그 사랑,

밀쳐내지도 마라 그 사랑,

그 사랑은 어떤 타인의 타박으로 어두운 몫이 아니다.

기억의 저편이 성숙하도록 망각하지 마라 그 사랑,

그 어떤 질곡의 터를 뒤척여도 꺼내는 그 사랑,

변하지 않고

외면하지 않는 그 사랑,

오직 하나의 기억, 그 사랑,

쑥부쟁이 고독한 입김이 부르짖듯

여민 그 사랑,

가을이 오고 가을이 저물도록

그 사랑으로

순수한 사랑 행복함으로 가꿀,

이 땅에 묵시다.

그 사랑, 그 사랑,

가슴 깊이 풀어내라.

들꽃 연민의 그리운 소원

적절한 소망이 짙다.
아침이 오는 길목에서 바라듯
길을 여는 그 어귀로 눈뜬 들꽃들,
연민의 사랑이 그리운 소원 머금었다.
이는 너와 나의 세상 속삭임 바로 서기 까닭이듯
듬직한 바람꽃 고백이다.
그 무슨 꽃이든
들꽃이라고 읽혀지거든
들꽃 연민의 소원 가꾸어라.
끝내 영혼의 아침으로 밝으리라.
광야로 밝히는 소원이듯
그날의 기억 들꽃이다.

상승의 고독

바라보니 고독은 사실,
행복한 과정이다.
세상 이유에 부합하는 서정의 노랫말 사실,
궁극적인 미학이다.
움트고 가꾸어지고 결실로 일깨우는 내일은,
오늘이 있는 길목에서 부엽토의 진리를 얻는다.
그리운 고독의 상승,
영혼의 움집을 밝히는 진실이거니
고독한 등잔에서 사실,
씨앗의 비밀 얻는다.
그곳은 언제나 봄빛이 묻어나는 귀착,
그런 상승의 고독,
눈물 섞이어도 더욱 맑으리니
그리운 시선의 함유,
더욱 내일의 밝기로 더하리라.

무서리 내리는 날에

이제 그만 잠시 시들어가는 것을 엿보란다.
한사코 푸르던 시절과 낙엽 물든 시절로
가다듬었던 우리들의 사뭇 꺼냈던 소원들,
시들어가는 초로들 기척 너머로 상념의 닻을 깊게 내려
중심의 메아리 들추란다.
보이는 것은 보이는 것일 뿐,
아직도 헤아리지 못한 현실감 속에
그 현저한 것들,
진솔하게 갈망하고 바라는 몫으로
경점의 시간 엿보란다.
걷어갈 저토록 이윤,
허전한 듯 더욱 바로 세우기 뜻으로
세상의 기억 밝게 한다.
그 몫이듯 들꽃 시선이
시들어가는 그 너머에 값어치,
더욱 밝게 여며진다.

강을 이룬 물결이 맑다

흘러가는 곳에
엷게 드리워진 물결의 판이함,
읽기로 느낌으로 맑은 거울이다.
깨어있는 시그널로 말할까?
하늘이 짙게 드리운 물빛,
흔적으로 내비치는 무한한 광경,
가을 사색의 물끄러미 짙다고
가을이 외는 길목,
억새와 갈대의 그림자 드리워
그리운 시간 속에 닻이다.
나아갈 귀로에 천거
강을 이룬 물결이 맑다.

낙엽이 품은 그늘

낙엽은 어디든 꺼내는 그늘이다.
나뒹굴어도 애처로움 삭이는 그늘이다.
그렇게 움트던 날에
그렇게 짙푸르도록 바라듯 짙푸르던 날,
그것은 희망이 섞인 애달픈 미소였다.
어떤 나무가 앙상하다고 바람 소리 울부짖을 때
저만치 시선 깊어지듯
그렇듯 상록수 언약에는 눈뜨게 하였다.

뜻은 봄빛의 하나,
지고 마는 것은 내일로 바라는 것 하나,
썩어진 사랑을 부엽토의 일환으로 얻게 하는 그늘,
무릇 추억 빛으로 밝다.
한낱 낙엽이라고 치부하지 마라.
보다 더 고독이 성숙하기까지
낙엽이 품은 그늘
봄기운의 싱그러운 낭독이다.

그리하여 손에 쥐어진 시어가 될 때
비로소 파란만장한 세상을 읽는 기도일 것이니
사랑할 수밖에 없는 그 사랑,
낙엽 나뒹구는 거리에서
닻을 내리는 머뭇거림이리라.
아직 펼쳐야 할 그늘이
더욱 고운 빛깔 에둘러 걸러내듯
느낌 가득 바스락거린다.

억새꽃 달맞이

휘영청 달 밝은 밤이라고
억새의 고독이 웃는다.
찬 이슬 맞으며 기워낸 갈색 기도,
달빛으로 사윈다.

밤 깊은 고독이라도 낙심하지 마라.
저토록 억새꽃 달맞이로
길섶의 희망은 깊은 밤 여로에
가히 잠들지 않았다.

모름지기 세상을 두리번거릴 때
그때마다 아침이 오는 유순한 갈채가 되어
이슬 자락 뒤척이는 꿈,
다소곳이 거든다.

그렇듯 기도가 되듯
누구에게 깊어진 시선의 목록 가득한 화두
달맞이 기댄 만감으로
생애 여울 자락은 달맞이 언덕이다.

추억이 건네다

가을 입김이 열정적이다.
진토에서 건져 올렸던 짙푸른 것은
빛바랜 가슴앓이 고독이라고 애써 밝힌다.
우수수 떨어지는 낙엽의 역설들,
그 누구도 밀쳐낼 수 없는 상응의 귀착,
젖어들어 지나간 할 말 꺼낼 것이니
가을 입김이 올곧다.
앙상한 나뭇가지가 자못 시를 읊는 곳곳에
추억 건네는 이유다.
누구에게나 삶은 이겨내야 한다는 것을
그렇듯 지나온 뒤안길 종용으로 엿보인다.
그것이 지극한 추억이다.
그 몫으로 도드라진 밀애,
뒤적거리는 낭만이다.
정은 남고 그리움은 널리 퍼지고 깊어지는 것
더욱 추억 새긴 가을이 진지하다.
모든 것들로 견주어 이른 것
갈색 빛깔의 몫,
그 몫을 추억이 나에게 건넨다.
영성의 미학으로 건넨다.

강으로 흐르는 그리움

나의 몫을 싣고 흐르는 강
초연한 시간의 간섭을 싣고 흐른다.
맑은 강물의 기도가 되었다는 것을 나는 읽는다.
기도는 거짓일 수 없어 사랑과 진실과 애증의 깊이로
천국의 언어를 읽히게 하는 것
그 몫은 변하지 않았다.

나의 헤아림을 싣고 흐르는 강
걷잡을 수 없는 수많은 회한의 도량으로 흐른다.
그럼에도 남겨진 그 뜻은 깊은 심연으로 나의 진리다.
소원의 발을 담그고 바라볼 그 방향의 점진적인 것
삶의 뜨거운 이유라고
더욱 밝도록 고결한 닦달이다.

나의 시선을 일깨우는 강
그리하여 판이한 세월의 경점을 얻게 한다.
변하여도 변하지 않는 여울의 깊이로 나의 기도다.
향하여 은총을 속삭이듯
살아가는 날에 초점이 그렇게 맑을까?
아직 가까이 화두다.

나의 상념을 내비치는 강
계절도 그렇게 물빛으로 더욱 상징이다.
얻고 읽고 또 다지는 기여는 나의 궁극적인 기척이다.
나는 강으로 내비치는 나그네 이유,
내다볼 물끄러미 너머,
영성의 닻을 내린다.

시월이 간직하다

나는 시월로 또 한 번의 창고를 개축하였다.
그동안 쌓아둔 것들이 차고 넘치는 기억과 추억을 더하여
변하지 않고 좀이나 동록이 없는 가슴 먹먹한 몫을 간직하는 것이다.
시월은 그렇게 내게 일깨우는 보관이다.
세상 지피는 고독이 어느 기슭 자락 골 깊은 상관이라도
숭고한 값어치는 변하지 않는 것을,
시월은 그렇게 채워두고 조급하거나 안달하지 않도록
차분한 심상의 결의를 다지게 한다.
그야말로 가만히 풀잎 사위는 소리를 엿듣고
앙상한 나뭇가지 사이 굽이치는 바람 소리 엿듣고
절절한 광야의 기수가 되는 것을,
나에게 건네는 시월은, 시월은,
깊어지는 그 몫으로 가슴 뜨겁게 한다.
그리하여 시월이 굼뜨지 않았다는 것을 정으로 왼다.
시선 가득한 목로의 그 외길 따라서
시월은 나에게 넌지시,
그야말로 그 소중한 것들,
쓸쓸함, 그리움, 그리고 천연한 애끓음까지
봄이 오는 움틈의 몫으로
씨앗의 진력 한뜻 읽게 한다.
시월은 그토록 나의 간직함이다.

낮은 어귀에 밝아지는 것들

기억이 뒤척인다.

주변 환경을 유심히 살피는 계기다.

그리하여 변방의 것들이 중심으로 읽혀지는 것이다.

어떻게 지나왔냐고 묻고 다지며 또 거들어 여쭈듯

가을 바람결에 뒤척이는 것들이 나를 뒤척인다.

시들어가는 것들을 사랑하리라.

다시 깨어나는 것들을 사랑하리라.

땅은 그처럼 유심한 골짜기를 가다듬었다.

어떻든 버릴 것 없었다고

애써 귀띔이었었다고

시절의 환담을 가꾼다.

나의 시선이 지난한 어귀에서

그토록 뒤척이는 시선이다.

그리하여 마음이 그립고

그리하여 마음이 밝아진다.

낮은 어귀에서,

진솔한 긍정이다.

꽃빛이 여는 창

창을 읽는다.
꽃빛의 지극하고 고운 창을 읽는다.
저토록 훤하게 빛나는 창은 질곡의 땅을 일어선 기쁨이다.
그 땅을 축복하는 증언으로 화수분이다.
누구에게 건넬까?
저토록 열어둔 영광의 창,
이미 그리운 바람결이 뒤척여 여민 여운이다.
저토록 사랑이 움트고 그 사랑이 깊어지는 문밖의 기별이다.
한사코 묻어둔 그곳으로 꺼내는 다짐,
외로워도 끝내 낙심하지 않는 언약의 다짐이듯
나는 그 창을 우러름의 몫으로 살핀다.
어떤 시절, 어느 계기라도 소중하다는 것을
꽃빛의 창가로 행복한 얼룩이다.
무엇에 기대고 원하는 것,
그것은 하늘 아래 드리운 까닭이려니
꽃빛의 땅으로,
광야의 숭고한 울림으로
삶의 글월 어둡지 않게 꺼내는 편지,
다시 오늘로 가닿는 뜻
깊고 깊은 숨의 진력이다.
영감의 묵시록이다.

물새에게

시월 무서리가 내린 뒤에
강물은 더욱 맑고 투명하며 시린 여울이지만
뚜벅뚜벅 걸음 내디뎌 고즈넉한 풍경 속으로 연명의 진력이다.
살아있다는 것과 살아간다는 것을 물새로 짚는다.
그럼에도 말없이 균형의 가치를 엿보이는 물새에게 더욱 이끌린다.
강으로 흐르는 삶의 시간들,
기억 중심의 꽃을 피우는 만향의 지력이다.
시월이 마지막 결의에 찬 흔적이듯
억새와 갈대의 꽃 피움의 어울림,
그리하여 물새로 더불어 읽는 아름다운 시선이다.
풍경으로 소중하거니
낙점이 되어 엿보이는 저토록 물새에게
생존력의 진실을 읽는다.
강은 흐르고 뜻은 남아 그토록 현실감,
다시 엿보는 가을 기약으로
물새의 날갯짓 여민다.

시월 하순의 달맞이꽃

찬 서리가 내린 그토록 뒤로
길가에 흔적도 없이 시들어 가버린 추억뿐인데
시린 간밤을 뒤척여낸 샛노란 달맞이꽃
문득 질긴 생명력의 고결함이다.
무엇을 읽힐까?
아직 어설픈 어느 귀감을 일깨우려 한 까닭이듯
언뜻 스쳐 지나가는 길가에서
꽃이라는 영감의 훌륭한 덕담으로 얻었다.
저것은 자못 어둡지 않았다.
깊은 여명을 끌어안고 있었다.
꽃빛으로 읽는 시월의 하순,
귀착의 기염으로 이끌리는 만감이다.
바람 불러일으키는 소임,
들꽃의 영광 읽히듯
꽃은 그렇게 빛나고 있었다.
가을로의 초대였다.

바람이 쌓는 독백

스치는 바람결로 엄숙함이 도드라질까?

가장 진솔한 진력의 그을리는 까닭이라고 할까?

여력은 바람의 독백으로 깊어지고 흩어지고 여운으로 쌓인다.

드러나고 읽혀지는 것들로 그리워할 수밖에 없다.

감춰지고 또 멀어지는 것들로 더욱 추억할 수밖에 없다.

시간의 정점을 기억하나니 그런대로 소원이고 나름 밝혀지는 것들,

어떤 암시의 기준이 되고 서술이 되어 울려 퍼지는 기류의 속삭임이다.

그것은 삶으로 내다보고 되짚어 나아갈 방향으로

바람의 길은 자유와 평화의 고독이듯

갈망의 가시거리 이끌어내는 정처의 숨이다.

머물고 시선의 지극함으로 무엇을 더욱 축복하려가?

그리운 삶의 지략이라고 얼마큼 힘주어 영광의 시그널 살필까?

나는 그리운 날을 그리워하는 바람이 쌓는 독백으로

그로 인하여 내다봄이 밝다는 것을

조망지의 낭만으로 외고 또 외는 것이다.

그리워할 수밖에 없는 지극한 감성의 도드라짐,

가히 해바라기 꽃으로

전신의 물음 가닿을까?

뒤척이며 바라고 머뭇거리며 원하는 것들,

여실한 생애 미학으로 거둘 독백의 가치들,

바람이 스치는 어귀에서

나의 기억은 열망의 상승으로 깊어지나니

모든 사랑하는 것들로

독백 부르짖는 이유를 되짚어 읽는다.

여전히 바람의 독백이
여전히 씨앗으로 남듯이
여전히 시간 속에 쌓이고 있다.
방향의 외길로 나는 지극하다.
독백의 귀결로 나는 편지를 쓴다.
지금으로 그렇다.

바람을 느끼거든 깨어나라

한사코 다가와 묻는 일깨움,
아니, 언제고 스치는 그 물음 곁으로 삶을 일깨워라.
존재감이 얼마큼 진귀한 이유이던가?
영혼의 기억이 사무치게 그리워지는 날이면 더더욱 바람으로
그 느낌과 그 일념과 그 사랑으로 깨어나라.
사는 날은 그저 그만이 아니라는 것을 일깨워라.
지나고 나서도 후회하지 않고 진득한 추억의 긍정으로 살필 것,
그 몫으로 바람을 느끼거든 깨어나라.
세상이 부르짖는 소리는 귓가에 화답을 부르는 이유인 것을,
그 이유를 가다듬어 바람의 노래가 되어라.
눈뜬 고독과 그토록 그리움과 그토록 사랑이라고
열망을 부르짖는 이유가 되어라.
상징의 고독이 여기저기 입버릇이다.
그토록 진토 속에 깨어나는 것들이 느껴지거든
일념의 고독 바람의 기류를 어거하여라.
내다봄이 아니면 그곳은 곧장 어둠이다.
바라봄이 아니면 그곳은 곧장 망각이다.
진실로 스치는 감각의 기류,
바람을 느끼거든 영성으로 깨어나라.
그땐 사랑이 나를 부르짖는 노래,
귓가에, 마음에, 그리고 영혼에
기대고 가는 만감이 되리라.
그 일념으로 깨어나라.
진리는 진실 너머를 바라보는 것이다.
그 고백으로 깨어나라.
바람을 느끼거든 깨어나라.

시장 사람들

사연을 듣고 보면

얼마나 진솔한 이야기가 쏟아지던가?

그을린 진솔함이 삶의 묵시로 거듭거듭 인생의 촉매제가 되는 것을,

그 안에 아픔과 고독은 어느 순간 자양분의 부엽토가 되고

향기로운 삶의 진리를 꽃피우는 바람의 동력이 된다.

원동력이란 멀리 있는 것이 아니다.

가까이 질척거리는 그곳으로 읽히고 나면

천직의 입바른 진리로 그 순수한 화답,

생애 기억 부르짖는 소리가 된다.

그렇게 사는 날이 아름답다고 축복하리니

삶의 그리움이 가까이 부르거든

언제고 그리운 편지의 안부를 읽히듯

기척의 소담함,

텁텁한 위안의 향유다.

그토록 삶의 초석을 읽히는 터,

소담한 정감의 기류,

그토록 훈훈한 물끄러미

사연 많은 곳이다.

길을 여는 시간들

나서야 하는 길이면 영광이다.

힘주어 닦달하고 나서는 길이면 엄중한 가치다.

너와 나는 이렇듯 세상을 누리고 있거니 그쯤의 이해심,

바람결에도 가닿고 여명과 노을빛에도 가닿고 더더욱 내일로

깊어지는 것들에 대한 시연으로 가닿는다.

시간은 그렇게 언제고 길을 여는 준엄한 시선이다.

여쭈어야 할 세월이면 참 다행이다.

망각에 그저 치우치지 않고 깨어난 기별로 나서는 길이면

인생이라는 철학적 요소가 깊어지는 것이다.

살아간다는 삶의 지극한 목도와 풀어내야 하는 그 이상성,

그 몫으로 사랑과 진실이라는 그 상승의 가치다.

그야말로 시간은 엄중하다.

흐르고 있는 그 사실로 인생의 가치를 읽게 한다.

그 쓸쓸함, 그 애달픔, 그 행복감,

그렇게 밀월로 밀애가 된다.

놓인 시간 속에서 이끌리는 방향이다.

구슬프게 기워내도 뜻이다.

그 숭고한 몫을 그려내는 진력의 소임,

그것은 살아가는 날에 울림이다.

꽃을 기억하거든

시간 속에 길로 영광을 다짐할 것이라.

시간은 내다봄의 저편 언약이다.

세월로 뒤척이다

나에게 일깨워진 세월이다.
나는 지금 그 세월로 나의 육신을 읽고 나의 영혼을 읽는다.
시간이 나를 읊조리게 한다.
간밤을 지나고 나는 다시 아침을 맞고 있다.
내가 뒤척이지 않아도 세월은 이미 앞서서 흐르고 있었던 것,
나는 그 중간으로 어느 시점에 드러나서 이렇게 세상을 사는 진귀함,
그야말로 얻음이다.
나는 지금 그 세월로 나의 일생을 뒤척인다.
우러름이 무엇이냐고 묻거든
나는 지금 지극한 간섭의 이유 느낀다고 말하리라.
그렇듯 내가 감당해야 할 세상의 이유,
세월로 나는 뒤척이며 숨이라는 생명력을 의식한다.
얻은 열망이 나를 어둡지 않게 한다.
누리는 감회로 진토 속에 피어난 꽃을 읽게 한다.
그리하여 사랑을 묻거든,
나는 이토록 세월 너머의 것을 향유함이라고
담담하게 현실감을 두고 말하리라.
나는 지금 세월을 뒤척인다.
가고 오는 것의 그 거류가 되어 나는 서 있다.
나의 영혼이 읽는다.
오늘과 내일과 그리고 영원까지
길모퉁이에서 엿보듯 읽는 영광의 서술이다.
여명의 까닭으로 나는 뒤척인다.
그렇게 오늘이, 지금이 숭고하다고,
나의 절절함이 뒤척인다.

나의 디베랴 언덕

나는 기억하노라.
나의 짙푸른 디베랴 언덕을,
꿈이 있고 소망이 있는 그곳으로 영광의 기억,
바람 소리 깊어지고 여명의 기약이 깊어지는 그곳,
시간을 뛰어넘고 세월을 뛰어넘은 곤고함 속에 고고한 이유,
천천만만의 이유 죄다 걸러내는 몫으로
나는 나의 디베랴 언덕으로 소원의 뜻을 여미노라.

나는 사랑하노라.
나의 눈시울 짙도록 뜨겁게 달구는 언덕을,
추억과 현실과 내일이 곧게 펼쳐지는 그곳으로 숭고한 사연,
세상 깊은 밤 잠들지 않고 깨어 있는 기다림의 그곳,
세대를 뛰어넘고 역사를 뒤척여 오늘에 절절한 감격,
낮고 천한 자의 용기와 기쁨과 위안 삭이는 결실로
나는 나의 갈릴리 언덕으로 시선 밝다 함이라.

나는 더욱 다가서노라.
나의 삶의 어귀 휘돌아 굽이굽이 그 언덕을,
설렘과 낭만과 애달픈 시그널의 그곳으로 행복한 축복,
물빛 윤슬의 빛나는 이윤 읽고 또 읽으며 바라는 그곳,
막막하였던 차에, 암담하였던 차에, 밝아오는 부름의 그 소리,
귀담고 가슴에 새기고 영성의 닻으로 견주는 것,
나는 나의 일상을 그 언덕으로 살피노라.

나는 읊조리노라.

나의 열망과 갈망과 원함의 그 언덕을,

닳고 닳아도 남은 오늘과 내일로 여민 영원한 까닭,

그립고 그리운 애증으로 현실과 다가오는 그 날에 언약으로

풀어내고 가다듬을 삶의 지극한 나의 디베랴 언덕,

들꽃과 물새와 엉겅퀴와 그 밖의 모든 것들로 어울려 하나 된 그곳,

나는 나의 영성의 짙푸른 언덕으로 서 있노라.

쌓이고 있다 가을 편지

나그네에게 있어서 참으로 다행이다.
막막한 땅에서 읽고 또 읽으며 얻은 안부의 속삭임,
실감 나도록 변모하는 처소의 그리운 것들을 나는 사랑하노라.
봄을 기억하는 나에게 가을은 극명한 대비의 빛깔로 나를 일깨우는 것이다.
이곳저곳 쌓이다 못해 바스락바스락 소리 곁들여
휘돌아 하나 된 여울의 그 여운까지
결코 그냥 지나칠 수 없는 이유를 풀어낸다.

마른 풀잎도 그렇고, 앙상하게 나뭇가지 내미는 우두커니 나무도 그렇고
스치는 바람결을 온 자태로 버티는 우직한 바위도 그렇고,
저마다 유심함을 찍어낸 그 동봉의 가을 편지로 쌓이는 것,
그리하여 시선 가닿는 깊은 울림의 몫이다.
그리하여 가슴앓이 설렘의 그리운 몫이다.
그리하여 어떤 발아, 어떤 지극함의 것,
어떤 부엽토일 것이라고 나는 읽고 또 읽는다.

그토록 사연, 사연의 외마디 간추려 다행이다.
세상의 어떤 훌륭한 영광이 여기저기에 가닿아 회한일까?
때가 되면 저렇게 놓인 곳으로 빈들의 속삭임 올곧다는 것을,
가을은 결실을 남겼어도 또 다른 깊이로
그을려 꺼내는 고백의 심상 깊은 것
절절한 과제를 드러내는 지경의 수업이 되고 있다는 것을,
나는 나의 작은 시선의 읊조림으로 살핀다.

거들어 왔던 것들,

보랏빛 향유로 행복한 기억을 묻고 있다.

서걱서걱 갈대의 흔들거림이 그렇고, 억새의 화답이 그렇다.

여기저기 시들어간 들꽃의 회한이 그렇다.

누가 서툴지 않게 가을 편지를 두둔할 것인가?

쌓이고 있다 가을 편지,

남겨진 자의 몫으로 그리운 사연이다.

풀길

이슬이 머물다 가는 길이다.

깊은 밤 고요의 무게로 내려와서 적셔낸 만감,

풀잎은 고스란히 젖어들어 숨을 내쉬는 진력이었으리라.

시간은 그렇게 맑았고 밝았으며 현실감이었다.

길은 순수함을 머금었고

그 길로 다분히 일생이 깊어졌고

남겨야 할 숭고한 가치에 대하여 열거하였으리라.

기억이 묻듯

풀길로 청청한 기약을 얻는다.

그 길로 봄이 일렁이는 몫은,

세상을 힘주는 소망이 아니던가?

들길로, 풀길로, 그리고 여정의 방향으로

올곧게 내뻗은 풀길,

나의 영혼의 갈무리는 어떤가?

그렇다, 바람으로 일컬어

남겨진 여운의 이윤으로

젖은 소원의 촉촉함,

풀길로 더욱 긷는 은총이다.

밤하늘을 읽다

별이 빛나는 밤이다.

촘촘하게 높은 하늘을 빛나는 별들과 은하수 별빛이다.

나의 묵시의 고독이 밤하늘에 시선으로 깊어진다.

그렇듯 하늘은 현실감이다.

하룻길 마치고 나선 뒤안길의 하늘은 노을을 밝혔고

다시 깊은 밤은 여로에 닻을 내리며

다시 새벽이 오기까지 깊은 침전의 사연 싣는다.

나는 하늘을 읽는다.

깊은 밤하늘을 읽는다.

광대한 미학의 고적함을 읽는다.

저버릴 수 없는 존재적 의중이라고

저렇게 높이 놓인 밤하늘,

균열이 없는 하늘,

질서를 거듭 엿보이는 밤하늘로

나의 기도는 깊어진다.

별빛의 시간을 읽는다.

낮과 밤을 읽히는 것,

나의 영혼이 읽고 엿듣는다.

나의 골방의 영성이다.

시간의 골격

우주적 방향을 일컫는다.
어김없이 엿보이는 흐름이라는 골격의 예상과 방향,
그리하여 무엇을 감당하고 그 무엇을 초려하며 살피는 이윤의 갈채다.
저버릴 수 없는 현시적 타당성으로 부르짖듯 시간의 골격,
그 위에서 한사코 내일을 추구하는 이토록 여력의 기회와 누림들,
상승이라는 가치를 얼마큼 읊조려 낼 것이던가?

그리하여 아주 오랜 옛 고성의 흔적을 염두에 둔다.
그땐 그렇게 활발하게 수축하고 건실하게 쌓아 올렸을 형상들,
하지만 세월이 흐른 그 뒤안길에서 아득한 흔적의 밀애일 뿐이다.
그랬음에도 다시 부르짖는 아득한 꿈들의 그 발현들,
여전히 시간의 골격 속으로 거푸집이듯
방향성의 시선 아른아른 거들고 있음이라.

다시 시간의 그 어귀에 여린 풀잎이 돋고
나무가 거뜬히 자라고 숲을 이루고 또는 꽃을 피우고 열매를 맺는 것,
그리고 생명의 노래가 삶이라는 몫으로 지극하거니
그저 나아갈 것이 아닌 그 앞에 놓인 고결한 가치를 위하여
시간의 엄두를 가슴에 품을 것이니
밝은 몫의 영혼이 조력의 외길 다지리라.

봄빛을 읽는 마음

변하지 않았다.

메마른 땅 그 지적으로 깨어나는 것이 변하지 않았다.

씨를 품은 땅이 발아의 그곳으로 변하지 않았다.

그리고 드러난 사철의 짙푸른 봄빛이 변하지 않았다.

그 나무는 한겨울에도 변하지 않았다.

더더욱 유심한 몫으로 그 푸른 할 말 변하지 않았다.

그리하여 사람은 무엇을 향하여 변하지 않아야 할 것이던가?

세상의 시련과 고통이 아우성하는 곳에서

어떤 기쁨이 위안의 몫을 다지는 터로 변하지 않을 것이던가?

무릇 세상 그 어디에서도 읽히는 봄빛으로 인하여

할 말의 깊이를 얻을 것이니

변하지 않는 소망의 봄빛,

그리운 영광의 절절한 봄빛이라고

세월 속에 부르짖는 소명의 귀감,

봄을 읽는 마음이라고

다가오는 모든 것들의 반향 살필 것이라.

시간이듯, 세월이듯,

그야말로 회복의 갈채,

어느 암흑한 곳에서도

지극한 봄빛이 묻어나고 있다.

제 6 부

사막을 건너는 저편의 밀애

나의 목적은 변하지 않았다

세상 그 어디를 뒤척여도
바라봄의 뜻은 한곳으로 집중이라는 것
삶의 모든 근원을 읊조리고 또 읊조려서 걸러내는 목적의 결실,
생명이 있는 영광의 누림이라고
세상 모든 바라봄의 망루로 새겨내는 저편의 그리움이라.
그리하여 초석의 인내와 기다림의 갸륵한 몫으로
날에 날을 엮는 화답의 묵시로
나아갈 길을 망각하지 않는 일깨움의 서술이라.
나의 목적은 변하지 않았다.
그야말로 봄이 오듯 여름이 오듯 가을이 오듯 겨울이 오듯
곳곳에서 만나는 모든 것들로
소중한 방향의 길이라고
정작 나의 길, 나의 몫으로 얻은 길,
나의 목적은 방향으로 짙거니
그날에 고백으로 변하지 않았다.
이렇듯 지금으로 읽는 지극한 현실감,
더더욱 다지는 몫의 목적,
나의 기도는 변하지 않았다.

사막을 건너는 저편의 밀애

사방을 둘러보았다.

아득한 공간 속으로 시선 밝히 내다보았다.

나는 걷고 있었고

나는 지극한 화답으로 열망을 나타내고 있다.

질퍽한 삶의 물음들, 그 회한의 벅찬 이유들,

죄다 걸러내고 고취시키는 현실감으로 나는 나아가고 있다.

이미 주어진 목적이 얻음이라는 영광의 기척으로

나를 일깨우는 것이 지극한 생애 밝기다.

나를 이끄는 방향의 거룩한 속성,

나는 나의 심연으로 읽고 바라보며 걷는다.

밤이 오는 흐름에서 맛보는 이슬,

그처럼 세상의 날들 이슬로 짐작하며

사막을 걷는 거뜬한 짐작으로

기꺼이 행복이라고 말할 수 있는 여지의 기억,

그것은 나의 저편의 밀애다.

그렇듯 더욱 삶의 묵시를 읽는다.

그로 인하여 바라보는 사막의 모든 것들이

그저 그만을 뛰어넘어 예사롭지 않다.

오늘을 사는 영광의 기회로

내일로 빚어질 그 날의 저편,

그것은 나의 일생을 노래할 이윤,

지극한 시선의 값이다.

짐작이라는 것

편만한 곳에서 편만함을 뒤척여
앞으로 내다볼 몫의 이유와 가치를 상상하는 것
흔적은 다분한 거울로 내비치는 것들을 여실하게 거든다.
헤아릴 수 있듯이 기억은 나의 몫을 태운다.
눈뜬 그리움으로 흘려보낼 수 있는 저편의 메아리까지
끈은 이어져 바라는 것들의 묶음이다.
경험의 땅으로 얻을 것이 추억이라는 단언으로 남는다.
되짚어 아득한 아름다움으로 내비쳐지는 까닭들,
짐작은 그렇게 남겨진 몫을 뒤척이는 숭고한 바람,
삶이 버젓이 빚어지는 그곳으로
마음이 읽고 고독이 꺼내는 것들,
내다봄으로 더욱 짐작은 훤하듯
연민의 숨으로 깊어진다.

억새꽃 뒤척일 때

하얗게 부르짖는 소리다.
더 이상 참을 수 없이 그만 뒤척이는 소리다.
가을이 깊어 깊었다고
세상의 결실이 깊고 깊었다고
고적한 소식 울먹거리듯 뒤척인다.

나는 시간의 그리움을 태운다.
형성의 속삭임이 올곧게 저미는 곳에서
꽃빛의 소리 그토록 하얀 억새꽃의 소리
이 땅에 거류하는 휘파람 소리라고
진력의 깊이로 읽는다.

순진무구한 사랑을 고대할까?
그렇게 순수한 낭만을 고대할까?
뒤척이는 억새꽃 여울로
가을이 깃는 소리 엿보인다.
그것은 갈색 소리다.

어느 순간 흩어져갈 듯
꽃빛의 꿈이고
서걱거림의 꿈이고
우두커니 풍경의 그리움이다.
갈망의 땅을 짚게 한다.

올리브 나무의 기억(추정 수령 3천8백 년)

그렇게 긴 세월 엮어서 사르데냐의 녹지를 지켰다.

바람 소리 스쳐간 기억이 그 얼마큼이었나?

둘레를 넓히고 높이를 키우며 울창하게 숲을 이룬 거목의 향기

무수한 나그네 시선에로 깊은 여운의 몫을 감당하는 지극한 소회여라.

할 말이 많다고 걸쳐낸 나무의 귀감이여,

그동안의 맛으로 엿보인 추억과 사랑과 낭만과 고독한 울림까지

사르데냐의 정으로 버틴 지략이어라.

이탈리아, 그리고 그 밖의 섬나라로 거친 숨을 걸러낸 나무여,

올리브 향기가 말을 건네는 유랑의 벗들이여,

남아 있어도 이별은 그곳으로 여운이어라.

상념의 길벗을 축복하였으리니 그토록 미완의 몫을 두고

여전히 빛나듯 울창하게 거느린 풍광,

아이여, 어른이여, 그리고 오랜 여울의 열망이여,

그렇게 누리고 갈망하며 추억으로 깊어진다는 것이

세상살이 여쭘이어라.

거창하게 그을리고 있는 올리브 나무 기억이여,

3천8백 년쯤이라는 거대한 기척에,

비로소 뜻이 있는 나무,

그곳으로 짙게 드리운 생애 추억 가득한 그늘,

열매는 여실히 그때나 지금이나

주렁주렁 매달고 있는 축복의 기류 내밀었거니

우수수 낱말의 역설로

유심하게 가슴 뜨거운 짐작 부르고 있구나.

기다림이란 그렇게

세상 어귀 방향으로 숭고한 것,
다가올 것에 대한 하모니여라.

- 이탈리아 사르데냐 섬나라 3천8백 년 올리브 나무 울림에 부치며 -

꽃피는 진리

암울한 땅에서 끝내 여민 꽃빛
세상살이 그렇게 감동하여 마땅한 상징의 몫이다.
홀로 그리운 까닭을 두고 그저 외로움으로 가슴앓이 치닫지 마라.
그 외로움 뒤에, 그 가슴앓이 뒤에 남겨진 꽃빛으로
그 땅을 뒤척이는 숭고한 흔적의 밀애,
희망 섞인 눈시울로 마땅한 것이라.
다들 버려진 땅이라고 꽃피는 그곳을 치부하였던가?
꽃빛이 읽히는 영광의 환희는 세상을 수놓은 위안의 갈채다.
그렇게 살다 보면 사람도 끝내 진리를 읽는 것,
그늘의 가치를 염두에 두고 살아가는 것이라.
소망은 어디든 깨어나고 있다는 것이 눈여겨 밝다.
그렇게 꽃피는 진리는 향기롭다.
영혼의 몫을 가다듬을 때
세상 여느 꽃잎의 기척이 힘차다.
그렇게 깨어나는 것을
이미 밝힌 사랑의 등잔으로 읽는다.
꽃빛은 그저 열매로 끝나지 않는다.
상응의 갸륵한 고백,
진토 속의 고상한 역설이다.

시월의 강은 차갑지만 맑다

차분히 흐른다.

거침없이 흐른 날에 후회는 아니려니

지나온 길의 그 위치로 살펴지는 시월의 강은 넌지시 흐른다.

거울로 내비치는 그토록 맑은 흐름으로

여느 조신함의 몫을 일깨우듯

잠시 욕망의 그을린 까닭을 잠재우고 나서듯

강물은 차갑지만 맑게 여울져 흐른다.

파문의 속성이랄까?

사색의 깊이로 많은 일생의 가닥을 이끌어 낸다.

시간을 건네는 열정의 두리번거림이여,

막지도 거부할 수도 없는 세월의 깊이를 가늠하는가?

차갑게 내비치는 시월의 강으로

유심한 기억이라고 닻을 내렸던가?

흘려보내는 것을 더하여

이렇듯 남아 있는 것이다.

흐르는 강물의 뒤안길에 서서

나는 시월의 기도가 되련다.

바라는 것을 진솔하게 내비치리라.

그렇듯 나의 민낯 읽듯

하늘이 내비치는 강물이다.

섬으로 가는 길이 밝다 할까

살아가면서 섬을 느낀다는 것은
조금은 섬을 아는 까닭이라고 하였을 고백에게
더더욱 섬을 아는 과제를 넌지시 그려낸다.
섬으로 내리는 무구한 세월의 달빛이 쌓여있다.
그리고 별빛이 빛나고 있다.
철썩철썩 갯바람 곁들여 한사코 부서지는 파도가 그렇다.
그리고 질퍽한 갯벌은 어떤가?
그곳으로 삶을 끌어당기는 막중한 책임감의 서술들,
그렇게 그을려 섬을 알고 섬을 닦달하는 것이다.
기다림을 안다면 섬으로 물음 남길 것이다.
적막함이 빨리 찾아오는 그곳으로 바다는 밤새 울먹거린다.
그렇듯 모진 사연이 그렇다.
더불어 고독한 침잠이 그렇다.
섬에서 나고 자란 것들을 읽었는가?
그 섬으로 버티는 향취를 맡았는가?
어쩌면 고스란히 떠넘기는 그 몫을 안다면
섬으로 가는 길은 밝다 하리라.
그렇게 능숙한 섬은 어떤 위안이다.
더더욱 어떤 바람이다.
밀려오는 바닷가 그 귀로에서
가만히 엿들을 섬의 사연,
울먹거릴 사연이었던가?
뭍의 섬으로 얻는 고백일 것이라.
그렇듯 너스레 없이 섬을 아는 것,
짐짓 사랑일 것이라.

3천 년의 고독(이탈리아 올리브 나무)

푸른 기운 갖추고

땅을 딛고 내비치는 그리운 까닭,

열매라는 단언의 맛과 향기와 그 전례를 고스란히 새겨

오늘의 몫으로 감탄의 형성이라.

휘어지고 뒤틀린 그 이상성으로 고뇌에 찬 짙푸른 기척,

척박한 돌밭에서 그렇게 기나긴 시름의 고독,

세상이 읽고 아득한 꿈의 소식을 얻는다.

경이롭게 이끌려 어떤 탓을 엿보이던가?

속은 텅 비어있는, 그랬음에도 질긴 생명력이라고 가히,

3천 년의 기수가 되어 여전히 모름지기 그 한마디 결실의 목적이다.

한울타리 한들한들 이끌어낸 고독으로

새순의 눈을 떴거니

길은 멀어도 가까이 내다보는 진력의 소망,

아직 누리는 땅으로 여미는 기도,

바람 여울에 걸러냄이다.

그걸 두고서 어떤 사랑이 어두울까?

감동적인 이유가 못내 짧은 인생길 축복이라고

되짚어 이를 소원이다.

한자리 한곳, 이어낸 3천 년의 기억,

내일을 읽는 몫으로 짙푸르다.

- 이탈리아 동남부 풀리아 주에 있는 바리, 브란카티 올리브 농장,

알베로벨로 지역 올리브 나무에 부치며 -

그리워한다는 할 말

나는 이스라엘 감람산에서
아주 오래된 올리브 나무 그 침잠의 기억을 보았다.
여전히 짙푸른 눈을 뜨고서 열매로 대신하려는 그리움이었다.
그것은 세상을 수놓는 할 말,
얼마큼 진지하고 얼마큼 고독한 울림이었던가?
걸러내는 시간, 자태로 키워낸 흔적의 곤고한 시선 너머
훌륭한 가치를 엄두로 그 할 말,
나는 그곳으로 서성이는 나그네가 되어 시선 걸러내는 기도였다.
할 말이 깊어질수록 침묵이 더하고
외치고 있는 까닭으로 사색의 그리움은 더하여
밀애라고 가슴 속에 담았거니
아는 만큼 보이는 그날의 기억과 내일의 기억,
예루살렘 건너편 기슭에서
그렇게 무려 2천 년, 3천 년의 몫으로
여전히 짙푸른 역설 펼치는 거였다.
그리워한다는 할 말,
나의 내면의 깊은 뿌리가 되어 내뻗거니
꺾이지 않는 바람꽃 피우는 지경,
천상의 기억 가까이다.

- 이스라엘 감람산 올리브 나무, 무려 수령 2천 년, 3천 년 흔적에 부치며 -

174

낙엽의 계절

낙엽은 버려지는 것이 아니다.
가닿아 쌓이고 두터워지며 부엽토가 되는 것이다.
무릇 앙상한 이별이 아쉽다지만 그 앙상함이 있는 그곳으로
부엽토의 진리는 깨어나는 것이다.
그을려 가다듬을 수 있는 반향과 기다림과 쓸쓸한 밀애까지
긷는 소망의 등잔을 밝히는 것이다.
낙엽은 바스락바스락 나름의 씨앗이 되어 상상력의 꽃을 피우는
상승의 기도를 거드는 것이다.
쇠하여가는 빛깔로 다분히 속삭이는 흔적의 바람,
그저 버려짐이 아니다.
새로운 반향으로 거듭나는 그곳으로
자양분의 씨앗이 되는 것이다.
그리하여 무엇 하나 쉬 버릴 것 없다는
아련한 울림의 속내,
낙엽의 계절은 한층 두터운 그리움,
밑그림처럼 그려내는 것이다.
그리하여 낙엽의 계절은 창을 여는 것
시절은 가도 여운의 메아리,
낙엽은 일컬어 뿌리내린다.

단호박

달달한 맛을 품고

내뻗은 줄기 곳곳으로 굵게 여민 덩어리

가을 숲을 뒤척여 꺼내는 열매의 훈훈한 만감,

놓인 곳곳에서 한 줄거리 하나에 꿈을 꾸듯 여민 맛이다.

다시 꾸려지기를 시간의 틀로 놓였다.

식탁 위에 맛으로 충족하리니

속은 노랗고 맛은 달달한 햇밤 맛으로

그야말로 투박함을 뛰어넘은 부드러움이던가?

깊은 맛으로 건네는 단호박,

가을 너머에 시간을 읊조리듯

그저 호박 맛이라지만

오랜 삶으로 충족의 맛,

계절의 미각으로 짙다.

고향 긷는 맛이다.

짜스 짬나무 숲

맑은 물을 들이마시는 숲

그토록 진력 걸러내어 운무 서린 몽환적인 시그널,

풍경의 동화적 소임으로 깊어지는 숲,

짜스 짬나무 숲으로 마음 가는 서정적 심밀이다.

정적의 소리를 꺼내는 숲으로

한 줌의 기억 서린 그리움이 닻을 내린다.

그리하여 자연적 미소가 깊어지는 숲의 정서를 느낀다.

암흑을 밝히는 빛이던가?

만향의 정점을 찍으며 깊어지는 숲,

짙푸르게 거듭나서 짙푸르게 일깨우는 짜스 짬나무,

둥둥 떠 있는 짙푸른 개구리밥(부평초) 더불어

맑은 숨을 내쉬는 기운,

세상 어귀 꺼내는 기척,

쉬어갈 결실이 가득하다.

- 베트남 호찌민 남부 쩌우독 짜스 짬나무 숲에 부치며 -

개구리밥의 편지(부평초)

맑은 물빛 속에서
더욱 맑고 짙푸른 목적을 풀어내듯
깊은 정적 속에 키워낸 물풀의 소원이어라.
그림자로 풀어냈으리라.
쉼의 알토란처럼 뿌리내렸음이라.
동남아 이국적 정취를 변방의 뒤척임으로 일깨웠거니
무릇 서정으로 읽히는 부평초의 함성 어린 숲,
그 어찌 까닭이 아니랴?
숨은 듯 어거하는 그곳으로
드러나듯 세상 기억의 선물,
살아가는 동안 그토록 얻을 것들,
맑은 물 위에 고개 내민 바람으로
짙푸르게 건네는 편지.
두고두고 꺼낼 사연의 중심
짜스 짬나무 그늘 아래
물그림자 읽히는 풍경,
꽃 그림자 짙으리라.

- 베트남 호찌민 쩌우독 물 위에 숲으로 자란
짜스 짬나무 그늘 아래 부평초에 부치며 -

흔적이라는 할 말

진한 향기처럼 새겨두었던 것을

거친 바람결에도 버텨내는 오랜 반향이다.

그렇듯 할 말 사무치게 엿보이는 이유 있는 고독이다.

실제를 읽히는 유심한 속삭임이듯

끝내 빚어낸 이야기 저편으로 흔적이라는 할 말,

추억과 오늘과 내일의 방향을 주목하는 묵시의 담론이다.

그리움 엮어내듯

누구의 소원이듯 일깨워,

짙게 드리운 여운,

상념의 바람꽃 자양분이다.

샘

맑은 이유 솟아올라

세상의 거울로 내비칠까?

깊은 여울로 흘러가는 뭇을 이끌리듯

물줄기가 되고 호수가 되고 바다가 되는 그 목표점,

그뿐 아니라 생명의 숨을 적시는 진리의 기운,

깊은 눈망울의 초점이다.

길이 되어 바라는 것들의 심상,

물은 그렇게 길을 여는 세상의 축복이다.

이어지고 있었듯

샘으로 외는 속삭임,

시원의 영성이다.

담쟁이 기억처럼

줄기를 내뻗어야 한다는 것이
마디마디 서린 이야기가 한 움큼이었음이라.
그럼에도 바라는 것이 더욱 열망으로
더더욱 높이로 주목한다는 것을 담쟁이 기억 속으로 뜻이 서린다.
부단히 뒤척였을 줄거리의 지난 시간,
계절은 한사코 설렘인 듯 나그네 읽기로 물어왔을 때
뿌리 깊은 나무의 고독이라도 울창함을 읽었고
그렇게 담쟁이 열망을 더욱 읽었고
그리고 적절한 연민 덧붙였음이라.
가던 길 두리번거리는 깊은 이유 속에서
남루한 듯 남루하지 않게 여문 탓이라고
애틋한 시선 담쟁이 기억에로 깊어졌음이라.
보이는 것이 보이는 것으로 더욱 저만치 가리키는 여울,
삶의 처지를 되짚어 이를 진지한 요량,
기억은 더더욱 깊어지는 묘수의 찬사를 얻음이라.
파릇파릇 내밀었을 담쟁이 새순,
더욱 높이 치솟아,
더욱 저 너머에 그 시선,
여느 흔적으로 밝아졌으리라.
기대고 원하는 것이 그뿐이랴?
짙푸른 담쟁이 기억,
완숙하도록 세월 거듭거듭 닦달하였으리니
지난한 묵시의 언덕
굽이굽이 휘돌아 외는 울림이다.
그렇듯 담쟁이 기대어 내뻗었거니
우러른 기억 물끄러미 삶이다.

가을 오솔길

바스락바스락 건네는 기척이다.
온갖 사연 다 걸러내고
그저 물들인 고운 빛깔로 휩싸인 가을 오솔길
낙엽은 더더욱 낭만의 시를 쓴다.
자못 읽히는 어원의 구슬픈 갈무리로 굽이굽이 서린 것
곱다는 것 애끓음 너머로 두터워진다.
솔직한 민낯으로 가을이 어둡지만 않기를
쓸쓸히 밝아지는 반향의 소원이라.
사이사이 스치는 바람결이
길 위에 길을 열어 더욱 부르짖을 때
더욱 깨어난 그리운 내레이션
언뜻 삶의 읊조림으로 깊어지리라.
그렇듯 가을빛 오솔길로
주고받는 사색의 밀애,
더욱 다져지는 부엽토의 귀결로
더더욱 그날이라는
움틈의 씨를 읽는다.

낙엽이 질 때

마음이 자박자박 걸었다.
덩달아 뜻도 앞서거니 뒤서거니 걸었다.
그뿐이랴, 추억도 무수히 할 말 짙다고 따라 걸었다.
울창하던 나무에게서 그래, 아직 남겨진 것이 어떤 상념이냐고 했다.
아직 짐 진 것은 기다림의 지극한 것들,
나는 되짚어 그 몫을 가늠하는 계기가 되었다고
우두커니 나무에게 시선 내걸었다.
우선 내가 할 수 있는 것이
그저 기다리는 사실로 유심함이라고
낙엽이 건네는 몫을
나는 외면할 수 없다.
이 가을로 더더욱 까닭이라는 것,
나는 그리움 내세운다.

들국화

사려 깊은 흔적이 놓였기에
그렇게 향기로운 이유가 무엇이냐고 물었다.
하지만 그곳으로 지난한 과정이었다.
그렇게 꽃빛 빛나고 있었다.
벌, 나비가 힘주었을 입씨름이었다.
건네는 바람결이 어떠하였냐고 물었다.
짚고 일어선 곳으로 한들거리고 있었다.
이미 나그네는 그 꽃빛을 얻어갔고
또 되짚고 있었으며
낙담의 어원을 걷어내고 있었다.
그것이 꽃빛의 화답이었다.
이슬이 내린 터를 주목하였을 들국화,
이름 없이도 빛나는 상징이었듯
꺾이지 않는 자유로운 소임의 역설,
온아하게 풀어내는 시선,
그렇게 빛나고 있었다.
유심한 기슭의 화두,
그렇듯 삶의 한 묶음이었다.

늦가을 패랭이꽃 몇 송이들

옹기종기 숨을 내쉬며
지난 봄날에 피었던 그 추억으로 여름이 지나고,
여전히 기운 차리듯
가을 깊은 길목에서 내던진 화두,
아침저녁으로 찬 기온이 시름으로 건네진 그 터에서
꽃송이들의 그 고운 몇 마디가 나를 깨운다.
이를테면 안부,
물들어 간 가을날로 낙엽은 떨어지고
갈색 물든 추억까지
이를테면 기도,
꽃들은 가만히, 그런데도 수런수런,
나의 시선 끌어들인다.
나는 그 편지 같은 고독을 외면할 수 없다.
이를테면 가까이 다가선 나의 마음,
부르짖는 귀감의 정을 느낀다.
부르짖음이 있는 곳,
가을 패랭이꽃밭에서
그야말로 기대감의 선물,
꿈들의 창을 열었다.

갈대에게

흔들거려도 키워낸 마디마디
휘몰아쳐오는 거친 바람꽃 자청하였거니
짭짤한 땅에서 터를 읽히고 자란 우수수한 서정의 목마여,
더욱 숲으로 나그네 그리움이다.
한사코 청청하게 그려낸 짙푸른 낙서를 어떻게 저버리랴?
뒤척여도 쉬 꺾이지 않는 낭만의 역설,
보고 듣는 절연한 바람의 터라고
길을 여는 쉼의 서술로
고독한 생애 행복감 아름답게 꽃피운 벗이다.
너로 기댄 낭만이려니
이내 물음이 가득하듯
더욱 화답이 가득하다.
넌지시, 그야말로 넌지시
건네는 바람꽃 향유,
서걱서걱 귀담아 긷는 몫으로
진토 속에 우러름 얻는다.
갈대에게, 흔들리는 갈대에게
이끌리는 연민의 기도 건넨다.

비행 구름

높은 창공으로 길을 열어 읽히는 구름의 흔적
이미 지나가고 남은 여운의 길,
사라질 것이니
시작과 나아간 목적이 하늘에 그려졌다.
그토록 허공으로 나아갔던 기억이 허공에 더욱 밑줄이다.
땅 위에 길이 엄연하듯
하늘에 길도 저렇듯 엄연한 것이려니
잊고 살만한 그 어떤 이유가 아직 세상엔 없다.
하늘과 땅 사이 공존의 길을 읽는 그 흐름 한 줄기,
무수한 하늘의 방향으로
그런 이유와 흔적이었을 것을,
저토록 그리운 삶의 반향은
어디쯤 밑줄 긋는 가슴이던가?
잠시 여민 비행 구름 흔적이거니
생애 기억 추스를 몫이다.

낙엽 시를 읽으며

꾹꾹 눌러 쓴 것보다
아주 오랜 응시의 초점이 무르익었다.
서정으로 닦달하여 견주는 환담이다.
애틋한 목마름이 여민 고독은 흐르는 강여울로
둥둥 떠 있는 이슈였다.
여물어 살필 수 있는 낙엽의 시들,
고적한 등잔에서 읽기로 그 밝기가 무던히 아른거린다.
그렇듯 낙엽으로 걸러냈던 짙푸른 소망의 기억들,
그토록 시가 되었다고
부르짖는 소리처럼 낙엽 흩날리고 있어도
정숙한 시간의 밀알로 풀어진다.
사랑이 건네는 여느 물음이듯
고결한 성취감으로 시는 더욱,
깊은 읽힘의 문안이다.

천일홍, 백일홍

너는 천 리를 가고 너는 백 리를 가고
그리고 나는 지금을 간다.
곱게 피어난 꽃빛으로 깊은 상념의 몫을 태우는 꽃들,
밝게 빛나는 천일홍, 백일홍
천일홍은 꽃잎이 작고 둥글둥글하고
백일홍은 꽃잎이 넓고 동그랗고
하지만 같은 뜻 꽃의 향기를 발하는 것,
나는 그곳으로 사색 발하는 것,
그렇듯 의미를 두고 고즈넉한 가을을 긷는다.
꽃으로 할 말이 닻을 내리고
추억으로 할 말의 수확을 걷어 올리고
씨를 가진 기억 발휘되도록
절개 어린 꽃빛의 고옥한 그리움,
축복으로 쉬 꺾이지 않으리니
나는 가슴에 담는 귀결의 울림이거니
천일홍, 백일홍,
행복이라는 불씨의 등잔,
읽히는 언약의 초석이다.

천일홍이랬다

그렇게 변치 말자고
함초롬히 피어나 어울리는 것을
그을려도 꽃이고 시들어가도 꽃인 것을,
중심을 가졌어도 꽃이고
변방에 떠밀려 있어도 꽃이고
언제 어디서나 뿌리 깊은 이유에 꽃인 것을,
그렇듯 세상 가로질러 피어나서
꽃이고 향기로움인 것을,
그렇듯 꽃빛 기류의 속삭임,
시선의 할 말로,
상념의 할 말로,
변치 않는 언약이랬다.

백일홍이랬다

그토록 그리워하였을까?
얼마큼 내비쳐 바라보고 있었을까?
수수만만송이 꽃들 이 빛깔, 저 빛깔로 어울려
행복이란 뜻 새겨두고 여운의 기다림 내비쳤다 할까?
유심한 흔적의 비결로 밀애의 화사한 속내,
그렇게 깊어졌다 할까?
꽃 여울 빛깔로 대신하는 그리운 응시,
깊은숨으로 발휘되듯
결실로 남겼거니
아름다운 밀애다.

제 7 부

바다를 기억하는 마음

맹그로브 숲

숲을 보는 마음이 다르다.
바다의 나무로 뿌리 내린 맹그로브,
그 누가 손 내밀어 가꾼 낭만도 아닌,
멋을 두둔하던 섣부른 작품도 아닌,
그저 바다의 거친 파도의 숨을 거두며
생명력의 숨을 내쉬며
그야말로 얼기설기 일궈낸 숲으로
맑고 투명한 가치를 그려내는 청청한 기적,
그것은 소명이다.
그것은 세상을 거류하는 진력이다.
바다의 나무로,
바다를 사는 봄빛의 나무,
봄빛의 울림,
맹그로브 숲으로
꿈꾸는 기억 너머다.

바다를 기억하는 마음

바다를 기억한다.

거칠고 온아한 바다를 기억한다.

부르듯이 내다본 그 바다는 나를 일깨우고 있다.

세상 그 어디쯤에서 그 바다의 벗을 사고 있느냐고

질펀한 갯벌의 추억과 그 속에서 꺼냈던 애달픔과 그 사랑까지

바다는 닻으로 거들어 왔거니

나는 거기서 목 놓아 부르짖었고

나는 그곳으로 삶의 실제적 현실감을 토로하였다.

나는 바다를 읽고 있다.

구릿빛 갯바위로 그을린 갯가에서

나는 거친 바다의 시간을 기대고 있었다.

그래서 유년의 바다와 성년의 바다를 나는 알았다.

그것도 마음 깊이 헤아리는 고독이다.

그럼에도 시간은 바다를 내밀고

그 바다를 사랑하는 뜻으로

그리운 날에 축복이 된다.

애끓는 시간의 추억이다.

뒤척이며 그려낸 거친 바다의 정,

삶의 묵시로 묵혀낸 연민이다.

어느 꽃

그 흔적 꽃을 보니 행복하다.
그 아름다운 고독을 보니 더욱 축복이다.
여느 거울처럼 걸러낸 시름의 기억 밀치고 거듭났듯
그렇다는 기꺼운 연민의 시선,
길모퉁이 숭고한 향취다.
바랄 수 있도록 시간 속에 빛나는 그늘,
허투루 여길 수 없는 작은 몫의 크나큰 울림,
중심으로 긷는 세상이다.
그렇듯 살핌이 꽃이라는 것,
꽃피는 꽃길로 발등상의 부요함,
사막을 이겨내는 고독,
세상 눈뜬 영광이다.

숨비꽃

해안가 물어물어 꽃피웠던가?
거친 바닷바람, 부서지는 파도소리 깊은 곳
그렇듯 심호흡,
질긴 생명력으로 내쉬었던가?
그렇듯 꽃이다.
숨비소리 풀어내는 꽃이다.
어느 바다로 나간 어부의 삶이듯
그을려 물질하는 해녀의 가쁜 숨이듯
지켜보던 구슬픈 꽃빛으로
언제고 절박함 너머를 여쭈었을까?
끝내 곱다 곱다는 꽃빛의 숨비소리
눈시울 적셔 애달프다.
정녕 바다를 주목하는 일생으로
굵게 줄기를 키우며
굽잇길 같은 물결 너머
돌아올 기약으로 눈뜬 그리움이다.
그 열감이 하루 이틀이었던가?
무구세월 시절 여미며
꺼내듯 그려내는 숨비꽃
바다의 시간 거느렸다.
거친 삶의 갈채를 거느렸다.
그 꽃빛 발등상으로
금빛 모래톱이
어머니 햇살처럼 빛난다.

섬을 꺼내는 삶

섬과 바다로 닻을 내린 사람
기다림과 고독한 성숙함으로 무르익은 정
섬과 섬 사이 손 내민 오랜 갸륵함이었거니
섬으로 가는 길, 섬으로 뒤척이는 길,
세상 어디쯤에서도 섬을 꺼내는 그토록 삶,
거친 바다로 꺼내는 할 말이랬다.
더욱 깊어졌을 애틋함과 진지할 열망,
섬과 섬 사이 바다를 얻는 것이다.
갯바람 읽히듯
매무새 그을려 까칠해지듯
세상 어디쯤 삶이란 그토록 일생,
낯익은 고독을 사랑하는 것이다.
섬으로 기다림 일구었거든
그 섬을 얻는 벗의 결실이랬다.
포구였고 항해 길이었고
저만치 안부였거니
세상 그 어디쯤 섬 자락 되짚었거든
가슴속에 닻을 내린 섬이라고
삶의 숭고함 꺼내는 진력,
소명의 닻을 올리는 것이다.

고욤나무

떨떠름한 감나무 한 그루
이름 없이 유심하게 자랐다는 것
맛은 그야말로 떫은맛, 입안이 텁텁하였거니
하지만 그 맛 속에 모정의 맛을 일궈낸 어머니의 감나무란다.
그 후로 세상 감나무, 단감, 홍시 감, 대봉 감 온갖 이름 들먹거려
이슬 내린 땅에 귀감이랬다.
보다 더 소중한 이유가 변방에 움트고 뿌리내렸거니
이젠 고욤나무 바라보거든
한 그루 떨떠름한 감나무로만 시선 멈추지 말고
결국에 단맛, 진 맛으로 얻을 것이다.
꽃피고 열매를 키운 산등성의 고독,
그랬음에도 고향의 나무,
귀소본능의 반향 일컬었다.
땅에서 얻는 소망으로
허공에 익어가는 맛의 결실,
하찮음에서 소중함으로 읽는 가을바람,
우두커니 몫을 여민다.

- 감나무 어머니로 접붙여 오늘의 감나무가 되었다. -

국어공책

국어공책은 네모 칸칸이었다.
어린 날 그야말로 가난하였던 나의 추억은
달걀 하나로 공책을 점방(구멍가게)에서 한 권 샀을 때
그때 그 기분이란 어떤 것과도 견줄 수 없는 행복감이었다.
책가방도 없이 보자기에 둘둘 감싸고 어깨에 메고
걷고 달렸던 등하굣길 유년의 시절,
시골길도 어제인 듯 굽이굽이다.
그땐 공책 한 권의 절박한 가치가 어린 가슴에 깊었다.
지금은 차고 넘치는 학용품의 풍족한 시절로 훈훈한 시선이다.
그랬거니, 옛 시절의 헤아림은 여전히
국어공책이라는 문구를 통해 가슴 먹먹한 추억 일깨운다.
경험의 날들 그렇게 지나갔어도
진한 속삭임으로 가난하였던 날의 기억 부른다.
그 아이가 자랐고
세상을 넓게 경험한 그쯤으로
고향의 그리운 민낯 다가선다.
국어공책,
그렇게 진한 향기였듯
가슴 애틋한 정감이다.

가을 시선이랬다

끝내 그 자리 머뭇거린다.

이곳저곳 다 견주어도 그 자리 그 빛깔이다.

그야말로 그리움으로 건네는 너와 나의 화답이듯

그 자리 우직한 담론으로 하나가 되듯

스치는 바람과 흔들리는 꽃과 뚝뚝 떨어지는 낙엽이 그 자리다.

이를 데 없이 고즈넉한 풍경으로 그 자리다.

움트고 자란 그 자리,

한뜻 바람으로 짙어지는 그 자리다.

그야말로 우두커니 몫을 아끼지 않는 가을,

그 속으로 나아간 그 자리다.

청춘의 그 자리다.

시절의 그 자리다.

그렇듯 서걱거리는 그 자리다.

거두고 남기는 그 자리,

가슴앓이 씨앗마저 그곳이다.

가을은 깊어가는 그 자리,

고독한 행복의 그 자리,

상념의 꽃을 피우는 그 자리다.

물끄러미 반향의 시선이다.

단풍 쌓인 길

저토록 단풍 쌓인 길을
순수 밀알의 꽃을 피울 수 있는 바람이라고 여밀까?
수놓았던 풍경이 봄빛으로 충만하였고
여름 그늘로 짙게 드리웠다.
낙엽 쌓인 길을 기억의 부엽토라 여겼던가?
남겨진 과정이 쓸쓸히 낙엽 내딛는 소리라도
결국엔 썩어져 내려 밑거름으로 말할 수 있는
그리운 사람의 가슴이다.
심상을 일깨워 진솔한 입담으로 고취시키기까지
단풍은 그저 흩날리지 않는다.
빛 발휘되듯 이야기 몫이
더욱 고결하였다.
가을 기슭에 연민이다.
겹겹이 도드라지는 가을 휘호,
바람 가득한 이삭이다.

문안으로 뜻을 물을 때

세상 그 어디에서도
아름답다는 말을 저버리지 마라.
어떤 간곡함 속에서 꺼내졌을 바람 가득한 이유,
세상은 그 물끄러미 고독을 부른다.
천년의 기약처럼 헤아림의 기적은 너와 나를 부른다.
기도는 그렇게 깊어지고
가슴 뜨거운 찬연함의 효과도
여느 모순 넘어서는 숭고한 이치를 얻게 하는
그리하여 그곳으로 살펴질,
삶의 기슭 너와 나의 결실이다.
문안이란 세상 어귀 돈독하다.
내다볼수록 바라는 것이라고
일생의 뜻은 더없이 올곧다.
넌지시 시선 에둘러 일궈낼 것이던가?
그저 살아가는 삶의 열망이 아닌,
천상의 어귀 안부의 초석을 외는 고백이어라.
현실감의 낙서 지금으로
영혼의 노래를 살필 이유다.
생명이 있는 한 그렇다.
너와 나를 상징으로 묻는다.

가을 바다의 시간

청옥 빛으로 가득한 바다,
시간은 그 옥빛으로 젖어들었다.
잠식되지 않고 꺼내는 파도소리 진담이런가?
낮과 밤을 채우고 있다.
달빛 별빛을 채우고 있다.
그리고 먼먼 손짓의 섬을 채웠고
그 거친 바다를 채웠다.
그리고 바다의 시간이랬다.
밀물과 썰물을 지피는 바다,
바다는 바다로 가는 마음을 채웠다.
그 바다에서 긷는 고해 같은 심상을 채웠다.
그것은 가을 바다의 시간,
꽃피우려 한 물결의 시선을 품었다.
아직 바다의 결실은
한사코 계절로 남겨 두고서
세상 간곡한 시간을 새겼다.
그렇듯 세상은 바다로 차오르듯
중심의 갈망 가득하다.

가을 우체국 앞에서

몽마르뜨 언덕이다.

이곳저곳 화단에서 빛나는 몽마르뜨 향기다.

여느 파란만장한 달빛, 별빛이듯

낙엽은 쌓이고, 또는 더욱 흩날리고

저마다의 담담한 가을빛으로 건네는 편지를 쓴다.

이를테면 부치지 않아도 가을 우체국 앞에는

닳고 닳은 문안이 서린다.

우체국이라는 그 고유의 이름,

그것도 가을 우체국이라는 그 깊은 환담 속에서

싣고 떠나보내는 그을린 입씨름의 빛깔로

문안의 앞 가름이 진솔하다.

낮은 어귀에서 엿보는 가을 몽마르뜨 언덕,

괜스레 추억 먹먹해지는 설렘의 기류,

밀려가도 밀려오는 계절의 훈수,

그 위에 얹어낼 것이다.

이유 있는 그리움 한 줄

가을 우체국 앞에서 긋는다.

간섭의 그림자

사랑과 눈물이다.
삶을 통틀어 쥐어짜듯이
생애 일념으로 애증 끝나기까지
간섭의 그림자 닻을 내렸다.
싫든 좋든 원하든 원하지 않았든
기꺼이 일궈낸 진심의 속성이다.
어느 촌로의 파란만장함,
눈을 지그시 뜨고 회한의 반향으로
도록처럼 쌓아 두었다.
그것은 살아간다는 것,
피할 수도 머뭇거릴 수도 없다.
거드름 피울 수 없는 삶의 철학적 사고,
곤고한 날을 밝힌다.
모순이 아닌 모정의 사랑,
평생 간섭의 그늘은
흰머리 희끗한 자식일지라도
물가에 내놓은 아이이듯
그렇듯 평생이거니
깊은 닦달은 행복이다.

가을이 걸러내는 시간

흔적은 무한한 가치를 읽힌다.

그저 남아있고 그저 뒤척이고 있어도 모든 것,

효과적 이유를 올곧게 새겨내는 시간의 흐름 걸러내는 결실이다.

그것도 가을이었을 때,

오색 빛이 더더욱 시간 속으로 빛나고

그 변방으로 우직하게 버티는 상록수의 풋풋한 중심이

세상의 격정을 버티고 있다.

가을은 걸러내는 채밀의 수단처럼

유수한 값어치를 가슴속에 시간이듯 묻는다.

무엇을 보았고 또 무엇을 엿들었다 할 것이던가?

시간은 흐르고 또 흐르며

과제의 돈독한 화답의 결연함을 이끈다.

시간은 주저하여도 그 주저함을 넘는다.

바랄수록 바라다보이는 저편이

내일이라는 화두의 그리운 상징이라는 것

그렇듯 가을이 걸러내는 시간이

오직 하나의 이끌림이랄까?

향하여 흐르는 그 방향,

남기고 사위는 과정 속으로

더욱 홀가분한 기류에 동참이다.

걸러내는 연민이다.

감람산의 기억

짙푸른 기억을 얻는다.
그곳으로 깊어진 까마귀의 울음소리 얻는다.
바라봄이 훤하다는 진리를 까마득한 기억 속으로 밝았다.
무구천년의 기억이 가까이였다고 주목하였을 그림자 가득한 나의 감람산,
나는 지금 지금으로 감람산의 삶을 주력하는 것이다.
그것은 그리운 진리의 삶이다.
추억이 있고 감흥이 서려있는 영광의 도록이다.
그렇게 오늘을 사는 것,
그 끝으로 언제고 다가오는 그 목적을 위하여
발등상의 빛으로 나의 감람산,
세상 어귀 기다림으로 나의 삶을 긷는다.
듣는 것, 새기는 것, 더욱 갈망하는 것,
그리고 삶의 닻으로 바라는 거류,
하늘 아래 땅에서
하늘 높은 그곳으로의 귀띔,
오늘을 사는 역설이라고
높은 상승의 기류 되짚어 올곧나니
나의 아는 기도다.
나의 영원한 소망의 기도다.

바람이 이는 땅, 사람이 사는 곳

끝내 바람이 인다.
그곳으로 사람이 어울려 사는 진귀함이다.
그렇게 헤아려 영광의 소고라고 되짚었던가?
시간이 흐르고 계절이 바뀌는 진력의 여울 속으로 우린,
어떤 목마름의 기도를 갖추었던가?
씨를 뿌리고 움틈을 가꾸고 결실을 얻어낸 누림으로
삶의 우러름은 어떤 몫을 부르짖는 과정이라 하였나?
우린 그곳으로 뿌리내린 경청이거니
생명이라는 이토록 절절한 화두,
그리하여 사랑을 일컬어 꿈꾸는 인애의 정으로
진리의 가다듬음이 얼마큼 신뢰이련가?
바람이 일고 있다.
그곳으로 사람이 살고 있다.
내일을 꿈꾸는 바람이 가득하다.
소망의 등잔을 밝혀야 하는 이유,
영원한 진력의 주마등이거니
더더욱 삶의 속삭임,
바람 곳으로 짙다.

역사의 수레바퀴

진중하게 굴러간다.

덧없이 흐르는 세월이라지만 그 세월은

남은 과제의 거룩한 묵시를 남긴다.

그 어디라도 차별이 아닌 엄숙한 여울로 굴러간다.

목적이, 그 방향성이 어그러지지 않는다.

역사의 소리가 울려 퍼지고 있다.

그 뜻을 어떤 우격다짐으로도 되돌릴 수 없는 현실감,

그처럼 사실 앞에 망각할 수 없는 것,

그것은 이끌림의 손짓이라는 것,

역사의 수레바퀴는 우직하게 굴러간다.

누가 내달려 힘을 거룩하게 다져낼 것인가?

바람 속으로 내달린다.

결실을 향하여, 향하여,

그토록 준엄한 결의 속으로

역사의 수레는 삐걱거려도 멈추지 않고

염원의 민낯 일깨우듯

실현의 거룩한 뜻을 내비친다.

역사의 여울이다.

가을의 덕담

단풍나무 나무마다
크고 작은 그루터기에 상관없이 곱게 물들인 것
낙엽 뚝뚝 떨어뜨려 고운 길에 덕담으로
깊은 상념의 영향력 즐비하다.
그리운 시절로 나그네의 두터운 감성이다.
지나온 날들이 저렇게 물든 것
거침없는 가을이다.
민낯처럼 엿보이는 낙엽 쌓이는 소리,
어리석은 열망의 옹졸함을 꼬집는가?
가로수 길에서 읽는다.
가을의 우수수한 덕담,
밀애의 씨앗이다.
낙엽 지고 나면 앙상한 가지에 내걸릴
일생의 고독 일깨운다.
그리고 기다림이란 것,
봄이 오기까지 가을 추억이 지키듯
자못 겨울의 강 건너기를
지척에로 겸허히 나설 갈채다.
가을은 그토록 만상에 한뜻,
비우고 채워야 할 실제적 풍경이다.
덕담도 물끄러미 진다.

11월로 소국의 향기

변하지 않았다, 소국의 그윽한 향취,

덧없이 바람결에 실려 간 그곳으로 뿌리내려

기슭에서 가을 기슭으로 짙게 드리운 가을 향유의 소국,

작은 꽃잎의 진담으로 세상을 꼬집는다.

사람에게 있어서 가파른 기슭의 꽃을 보았던가?

함초롬히 빛나는 준엄한 꽃의 어록들,

초연히 하루 문지방으로 기도다.

저렇게 세상을 바라고 소원하는 것이 그뿐일까?

11월의 조각바람 달달하게 물들이는 멋,

사람의 사랑이 절절함을 얻는다.

꽃을 얻는 마음은 행복하다.

그 시절을 엿보는 기회도 꽃빛의 담론이다.

정녕 풀어내는 위안의 기류였다.

꽃이듯 그릇된 평화는 없다.

꽃이듯 소국의 향기다.

건네지듯 안겨온다.

바다의 계절

사색이 닻을 내릴 것이면
더더욱 철썩거리는 뜻이 깊어질 것이면
바다의 계절을 한가득 실어내는 능숙한 솜씨가 되는 것이다.
바다로 깁는 시간이 세상이다.
삶이 그렇게 부르짖는 항로에 진력 여명과 노을이다.

바다로 경험이 올곧게 꽃을 피울 것이면
바다의 값은 그 한 계절의 속삭임으로 더욱 뜨거울 것이니
세상이 고쳐시키는 미학의 중심을 얻는 것이다.
사람의 바다, 사람의 추억에서
바다의 계절은 깊어지고 있다.

시련과 아픔의 고독을 힘주었을 것이면
부서져 밀려오는 파도소리 더욱 절절할 것이면
세상 구릿빛 속삭임으로 그을려 말할 수 있는 것이다.
세상살이는 가슴앓이 한 계절,
그 속에 행복도 한 계절이다.

바람꽃 사랑이 바다를 거슬러 이를 것이면
바다의 향기가 더욱 지극하고 돈독할 것이면
가르침의 세상 그 바다로 바다의 노래가 되는 것이다.
읽고 있는 그 바다로 삶의 계절은
이윽고 사연 많은 영성 북돋우는 것이다.

생강밭

토종 생강이 밑들어 자란 땅
매콤함과 알싸한 맛과 깊은 향으로
꿈과 희망의 불씨가 되어 가꾸어진 결실이었거니
손과 발엔 굳은살 박인 값어치로
쑥쑥 생강 숲을 이룬다.

그 밭을 바라보았을 시선
그토록 사연이야 이만저만이 아니었을 터
끝내 눈시울 붉히는 추억의 등잔으로
여전히 땅,
생강밭은 풋풋한 만감이다.

살아가야 할 길을 위하여
돈독한 생애 소임을 위하여
언제고 사연 많은 싹을 틔우는 푸르른 담론,
양념과 음미할 생강차 효능이라는 오랜 관심의 저력
밭으로 두둑한 기대감 지폈다.

끝내 입담 가득한 꽃이려니
오직 한걸음의 생강밭 이슬로 굵어지듯
그리운 연명의 지략 얻게 하였거니
삶의 바람 뒤척이는 몫으로 깊은 토굴 속에서
근근한 숙성의 겨울나기 무게였다.

밭으로 읽는다.

토종 땅, 토종의 향긋한 그 충족이듯

오랜 결기를 풀어냈거니

키워낸 땅으로

키워낸 애증의 덕담을 읽는다.

가을 진담

채워도 비워도 가을이다.
쓸쓸히 거둬들일 것들이 이만저만이 아니다.
땅은 그동안 씨를 뿌리고 싹을 틔우고 결실로 화답이었다.
나는 가을로 길을 걷고 뜻을 얻고 깊은 상념의 화답이다.
계절의 변방으로 나서서 허황함을 이겨낸 진담을 사랑할 수 있을까?
곧이 엿들어 말할 수 있을까?
삶이 그리워할 그토록 까닭을 귀담을 고백이던가?
그토록 숙성의 기회다.

껍데기는 남고 알곡은 차곡차곡 가져갔어도
그 뒤안길 원래적 부요한 이유가 헤아려지도록 들려오는 진담,
가을은 그렇게 돈독한 몫을 태운다.
그리하여 살아갈 이유가 그렇게 두둑하다는 것을,
알곡의 거리에서, 회한의 거리에서, 유순한 다짐으로
뒤척임의 고결한 영광을 읽는다.
사랑이 부르짖고 열망이 부르짖는 귀결로
비우고 채워낸 가을이 익히 줄곧 살펴진다.

어울려 가을이다.

그렇듯 그리고 남아 있는 것들을 사랑하리니

멀어져간 것도 추억하리니

가을은 보이는 것마다, 들리는 것마다,

애증의 강을 이루듯

깃들어 피어난 작은 꽃잎의 입담으로

가슴 뜨거운 진담이라고

가을 어귀 나그네 시를 쓰고 있는 것이다.

비우고 채우는 시를 쓴다.

그리하여 가을 진담이라고.

이렇듯 세상 현시적 지극함 펼쳐 보이듯

다가오는 것들을 차곡차곡 왼다.

단풍길 메아리

곱다는 말이 쌓였다.

울려 퍼지고 말았을 그 절정의 외마디

어쩌면 닳고 닳았을 길은 두둑한 보답을 얻었다.

그리하여 그립다는 말을 새겨 두었다.

밟고 나서는 어떤 주인의 길,

누구나 주인이 되는 추억의 길,

바람 소리가 눈뜬 길로

단풍길 메아리 나그네 가슴 채운다.

가슴속엔 아직 익어가는 가을이 남아 있다는 것,

그것은 고독,

그것은 애달픈 그리움,

자못 영성이라고 밝힌다.

단풍길 우러름,

계절의 메아리 저편이다.

그렇듯 엿들어 밝히듯

다시 쓰는 망루의 편지,

단풍길 시선이다.

마른 풀잎 사이

결이 되어 흐르는 것으로
바람과 구름과 시간과 세월이다.
나지막이 솟구치는 감성의 용솟음이 짙다는 것
고독한 등잔의 밝기로 거두어들일 것들이 한두 가지가 아니다.
풀은 마르고 뜻은 남고 내다봄이 깊어지는 것
그을리듯 깊어지는 적막한 값어치에 대하여
끝내 화답은 무엇이라고 여길까?
사랑과 낭만과 그리운 것들에 대하여 더욱 한 발자국 내디뎌
남은 것들로 영광을 긷고 소원을 긷는 화두,
풀은 마르고 쇠하였어도
이미 서린 곤고함 속에 푸르른 추억들,
그것은 생명력의 가시거리 좁히는 것이라고
품은 몫으로 그렇게 읽는가?
바라는 것들로 내일을 읽는 저편,
그것은 마른 풀잎 사이 흐르는 귀결이라고
고즈넉한 담론으로
세상 중심의 여울 귀담음이려니
다시 남기는 기도의 소임,
내다봄이 이끌리듯 천상의 도록이라.
세상은 그렇게 여미고 있는 것을,
희망을 읽을 수 있으니
드리운 사색이여,
참 다행이다.

단풍 산하

잊혀진 까닭의 사랑을 읽히는가?
곱고 붉게 물들어 빛나는 단풍 산하의 정을 읽는다.
깊다는 말을 얻는다.
추억으로 빛나고 원함으로 빛나는 고즈넉한 역설,
스쳐 지나간 것들을 일깨운다는 것은
되짚어 올곧은 기억으로 나서는 것이라.
저만치 밀쳐둔 그 무슨 영문이었던가?
다시 꺼내듯 단풍 산하,
지켜갈 그 몫의 지난한 가치들,
그림자 짙게 드리운 반향의 천거다.
삶이란 저렇게 부엽토가 되는 것을,
누구나 거침없이 얻는 결실,
먹먹한 상징의 우두커니
그렇듯 계수의 담론이다.

가을 바다, 겨울 바다

그 자리 그 바다 울먹거린다.

가고 없는 그곳으로 추억은 남아 구슬픈 사연

곱게 물든 가을 바다였다.

하얗게 눈 내리는 겨울 바다였다.

어제인 듯 오늘인 듯 그리고 내일인 듯

흔적은 나무랄 데 없건만 그 바다는 파도소리 가득하다.

울부짖는 사랑이 아직도 절절한데

그 자리 그 바다 그 몫은 그렇듯 밀물과 썰물,

구릿빛 갯바위 에둘러 가을 바다, 겨울 바다,

나를 채근하는 기도다.

그토록 메아리 곧게 남겼던가?

그리움 건너, 기다림 건너,

세상 철썩철썩 수놓는 바다,

모래톱 쌓는 몫으로

그 자리 그 바다 애달프다.

갈대의 바다를 읽다

곧게 마디진 삶이여,

그렇게 꺼내든 일생이여,

밀물로 썰물로 가다듬었을 질펀한 사연들,

비로소 갈대의 바다를 두고 헤아림의 소소함 짙게 가꾼다.

그래도 저버릴 수 없는 짙푸른 봄날의 진력이라고

외로운 변방의 속삭임으로 다져졌거니

길을 여는 여명의 그 외길로 탓은 없고 바람만 살폈으리라.

갈대여, 거친 바다의 갈대여!

굵게 여문 그 까칠함이 올곧다고 여겨 그리운 위탁이어라.

얼마큼 쓸쓸히 너에게로 생각들 내비쳤을까?

거저 지나갈 수 없는 무수한 바람의 속삭임 엿들었을까?

새순 돋고 줄기를 키우고 꽃을 피우기까지

갈대의 바다로 나아간 까닭들,

구슬픈 행복이라고 자청하였으리니

그래, 너의 바다로, 너의 서걱거림으로

올곧게 여밀 하늘 아래 간섭,

흔들리는 갈대의 기도,

그야말로 어둡지 않았음이라.

그래, 바라는 그것과 그것,

봄빛의 약속 읽는다.

제 8 부

갈망의 깊이로

바람 이야기가 올곧다

단 한 번도 물러서지 않고
끝내 다가와서 풀어놓는 이야기
그것은 자못 바람 이야기다.
그것은 눈뜬 그리움,
모든 사물에 감촉으로 풀어내며
할 말의 기대감 가꾼다.
소원이 말을 내걸 것이면
바라듯 스치는 감촉의 고독,
그것은 언제고 내일의 원함이다.
진력의 소임으로 물러서지 않는다.
이곳저곳 되짚어 일어서듯
기억 저편의 것 가져오듯
지난한 뭇의 여울이다.

갈망의 깊이로

갈망은 탓의 몫이 아니다.

진지한 감흥의 기억으로 세상을 두고 바라는 것이다.

하늘 아래 진력이다.

원함이 있거든 천상의 뜻은 더욱 밝다는 것이다.

생명이 있는 그리운 까닭으로

세상에서 바라는 것의 기척으로 서는 것이다.

더더욱 깊이로

더더욱 갈망의 몫으로

그 몫을 태우는 것이다.

영혼의 노래,

세상 영성의 그 노래,

지금의 역설로 가꾸는 것이다.

갈급한 영혼이던가?

그렇듯 기도는 더욱 올곧다.

기억 저편의 영광,

아직 끝나지 않았다.

밀담

나는 풍경을 앞에 두고 서있다.

언제고 그랬듯 세상은 내 앞에 내 주변으로 우직하여

한사코 지극한 물끄러미 밀담이다.

나는 시절을 느낀다.

하지만 암흑과 훤함과 또는 더욱 깊음의 원천까지

현실감의 몫으로 삶을 꾸리는 과정이다.

문학을 펼치는 과정 속에서 적나라한 진심이 나를 묻는다.

그리고 일깨운다.

도드라질수록 미래는 나의 앞을 수놓고

나는 그 먼발치 그리움의 몫을 두둔하는 지경의 하소연이다.

죽음 너머의 것을 누가 터치하는가?

살아있어 영광의 기회는 이윽고 소망의 발현으로 합당하다고

귀 기울여 소리의 방향을 걸러내는가?

나의 가슴이 그토록 진솔한 밀담의 정서를 읽힌다.

꽃이 피고 지는 과정 속에서

남아 있고 떠나가는 과정 속에서

나는 형상을 앞에 두고 서있다.

펼쳐졌듯 허공과 땅과 그 밖의 무수한 기척들,

그렇듯 바람이라 하였으리니

가슴앓이 공존의 형성을 숭고하게 열거하는가?

아침과 낮과 저녁이 오고

다시 밤을 지나 새벽 여명을 지나

내일이라는 오늘이

그렇게 빛나고 있는 그 까닭에서

생명의 밀담으로 죽음을 묻는다.
영성의 기류가 너와 나의 것이듯
그날에 몫을 외는 흔적이다.
세상이라는 밀담이 더욱 벅차오른다.
누가 그런 문학을 얻는가?
하여,
소원의 밀담은 행복이다.

나의 겟세마네 동산

바라볼 것이
더욱 우러를 것이 이보다 더할까?
눈뜬 그리움의 깊이로 향하여 다져낸 삶의 몫으로
나의 겟세마네 동산 지기 시선이라.
기억을 풀어내서 영성의 기류 얻고 또 상승으로 여밀 것이니
세상 그 어디였다 하여도 그곳은 내가 서 있을 때
향하여 바라는 것이리니
번지듯 기도의 속성으로 생명의 노래 깊어짐이어라.
엿들을 것이 그렇듯 나의 겟세마네 동산,
나의 올리브 나무 열매와 그 기름과 맛보는 사유,
더더욱 귀 기울여 여미고 여민,
그 울림의 창을 열어
삶의 숭고한 등경이라고
읽히는 여명의 소고여라.
광야의 영광이어라.

유대광야의 새벽

고요의 무게 중심이

가슴 채웠을 영성의 물끄러미

여명이 빛나는 그 밝아옴으로의 기도,

광야에서 무엇을 보려 하였더냐?

감흥의 속삭임으로 엿듣는 유대광야의 울림이거니

영광의 기억 뿌리 깊어라.

진리는 잠들지 않았다.

머뭇거리지도 않았다.

어쩌면 황량한 그곳으로

부요함이 깨어나는 거룩한 밀애,

소원은 광야로 흐른다.

이 땅, 머무는 곳으로

길을 여는 광야의 첫걸음,

뜨거운 사랑이 일깨우는 나의 유대광야,

다시 쓰는 천국의 일기,

삶으로 넌지시 짙다.

가까이 밝다.

순례자의 편지

묻고 있는 사연들 가슴이다.

뜨거운 이유가 그렇게 고적하고 황홀한 삶이다.

새겨두고 얻어갈 기억의 몫으로 그리운 시간의 역설이다.

눈을 들어 둘러보는 지혜의 속삭임이여,

무엇을 보려 하였든 그 지극한 까닭을 저버릴 수 없다.

낙서가 낙서로 가히 끝나지 않을 순례자의 상념 가득한 편지

뒤척임은 바랄수록 깊어지는 것,

망각하지 않는 삶의 그 숭고함을 엮어내는 것,

그리하여 대하여,

그리하여 진리의 몫으로

살아있는 영광의 묵시라고 원할 것이니

길 위에서 부르짖는 소임의 가닥,

그것은 순례자로 합당하다.

그렇듯 가슴앓이 사연들,

행복은 끝내 여명으로 밝아오는 것,

눈시울 걸러내는 그대의 편지,

끝내 향하여 은총이런가?

그대의 영광으로,

그 연민으로 읽히리라.

풍경의 메아리

온갖 사색의 음률 새겨두고
끝내 깊어질 여울의 지극한 메아리
사방으로 올곧게 풀어내는 화두의 물끄러미 짙다.
갖가지 문양의 그 천연한 반향으로 여운 가득하다는 것
예상의 값어치를 새겨내는 까닭이다.
그 몫으로 추억이었고
남은 과제로 내일의 기척으로 엿보이는 것이다.
풍경으로 읽는 시절의 편지들,
바람으로 거듭거듭 짙거니
지난함을 에둘러도 숭고한 가치는 여전한 것
다가선 만감의 풍경으로
세상의 날들 가감 없거니
그토록 속삭임 귀담아 엿들을 것이니
메아리 결실로 올곧다.

겨자나무

거룩한 뜻을 품고
짙푸르게 움튼 뒤로 광야에서 빛나는 노란 꽃빛
그토록 작은 씨앗에서 새들이 깃들이는 나무의 그늘과 숲을 이룬,
소망의 거울이다.

진력의 기척으로 세상 어귀 어떤가?
들꽃의 무수한 속삭임 하나 되어 내비친 후로
속속들이 건네는 위안의 울창함,
겨자나무 진중한 변증이다.

광야에서 얻는 기도
지고한 영성의 근력 형성이려니
진토 속에 할 말이 내걸릴 그리운 반향의 뜰,
움집의 골방으로 밝다.

들에 핀 백합화의 영광

잊혀진 듯 씨 뿌려진 곳에
어느 순간 부르짖는 소리의 흔적이 되어
소원과 갈망과 위로의 불씨가 되어
거친 지경의 꽃빛 바람으로
기억 숨을 가꾸는 고운 형성이어라.

이름 없이도 밝고 밝은 여명의 기도
그것은 하늘 아래 천상의 시선 어둡지 않다는 것
깊고 높은 바람의 줄거리 표출하여
가히 잠들지 않는 보람찬 이유,
세상 여운의 울림으로 품었다.

길을 여는 메아리
광야로 할 말이 들에 핀 고즈넉함이어라.
그 어느 들꽃, 그 꽃은 절대고독 걸러내는 환희
백합화의 향긋함이어라.
상징의 갈채여라.

삶이 그토록 꺼내는 시선
일컬어 가다듬을 몸부림의 역설이려니
여명 속에 여명으로 빛나는 부름의 결실이려니
흔들려도 건네는 그리운 미학의 영광,
발현하는 고증의 귀감이다.

늦가을 11월의 광대나물 단상

희망은 그렇게 부르짖는가?

기꺼이 일어선 귀감의 몫으로 빛나는가?

세월로 찬바람 불어오는 어귀에 눈뜬 그리움 하나 밝히듯

기억하자던 너와 나의 묵시록 꺼내듯

알차게 꽃피운 광대나물 보랏빛 꽃,

열정과 지략 얻게 하는 순수한 감흥의 기별이다.

세상 역설의 시간을 간추려 나설 나그네 이해심이여,

뜻을 위하여 발 벗고 나선 듯

온갖 초로들 생기 잃은 기슭에 양지바른 몫을 태우며

기회의 울림으로 빛나는 꽃빛이라.

그리하여 풀꽃으로 하늘 아래 절절한 단상이라.

주목할 시선이 그토록 기회다.

어떤 어리석은 자부심이 스쳐 지나갈까?

문득 일깨워 물끄러미 우두커니 소회일까?

그 어느 지혜로운 만감이런가?

늦가을 11월의 광대나물,

서둘러 입씨름의 외침이듯

햇살 품은 우러름 밝다.

풀꽃 트럼펫

작은 풀꽃의 귀감

늦가을 어귀에 잠시 양지바른 곳 나서서

세상을 부르짖는 소리 담아내듯

마치 트럼펫 불어대는 형성이다.

멀리멀리 나아갈 그리운 울림의 몫이랄까?

가까이 민초의 가시거리 눈뜬 몫을 읽히는 관심이랄까?

꽃빛은 그렇게 빛나는 연민,

문득 일깨운 비수 같은 외침의 그 외마디,

알고 보면 그야말로 하늘 아래,

준엄한 기척이라는 것,

누가 부름이 있는 그곳을 그토록 기억할까?

작은 풀꽃의 간곡함,

새벽을 알리듯

저녁을 알리듯

그렇듯 시절을 알리듯

광대나물 꽃이다.

바람에게 건네는 약속

변하지 않았다.

언제고 시절의 문지방을 넘나드는 것이다.

나는 나에게 바람의 약속을 기억하고 또 살피며 뒤척인다.

유영의 바람이지만 목적을 그을리며 스치는 감촉이다.

나는 광야의 꽃을 읽었다.

꽃의 지극한 향기도 염두에 두었다.

그것은 내게로 오는 것을 이해하고 축복하는 것이다.

스치듯 바람이듯 세상을 읽는 것이다.

나는 영광의 기류를 새겨 바라는 것이다.

약속은 언제나 세상의 할 말이다.

소식이듯 다가와서 묻듯 바람이라는 것

나는 기억의 줄거리를 건넨다.

바람의 길은 내일을 읽히는 감촉이다.

저편으로 굽이치는 속삭임,

소원이고 뜻이며 그리운 골격이다.

나는 일생의 시선으로 가닿는 설레는 결실,

거침없는 바람의 약속이라고

나는 영혼의 노래를 부른다.

밀월의 눈뜬 고백이다.

담쟁이 단풍 메아리

더듬이 손 내밀어 바짝 달라붙어 가꾼 열망

줄기를 내뻗어 읽혔거니

직각의 절벽이라도 물러서지 않는 메아리 고독

순수한 바람으로 응시의 단언 단상의 귀결 짙푸른 덕담이었다.

바라볼수록 여지의 갈망을 이끌 듯 초석이었으니

기어오른 그 깊은 뜻으로 인하여 남은 때를 바라는 것

허망한 여울로 끝나지 않았다.

풍성하게 내걸린 듯 납작한 이파리 곱게 물든 단풍으로

가을이 깊는 시절의 화두다.

그렇듯 허허로 꿈꾸었을 가닿는 뒤척임,

넌지시 기약의 간섭을 품고

가을빛으로 건네는 또 한 번의 울림,

귀담아 건넬 화두,

안부의 서정이랬다.

낙엽 쌓이는 이유

내려놓는다는 것을
길 위의 덕목으로 가로수 고즈넉한 풍경이다.
엿보였던 소망이 세상 파란만장한 추억 너머에 지극하다.
얻으려 하였던 것을 한 번쯤 되짚어 여몄던가?
원치 않아도 낙엽은 쌓이는 몫을 그려내며
썩어져 갈 부엽토의 그리운 진리를 발아의 지경 가뿐하다.
분신처럼 말을 내건 나무의 앙상한 풍경,
깊은 사색으로 거둬들일 누림의 천거,
거친 바람 여울 앞에 민낯으로 나서는 삶이다.
얼음이 있는 바람의 땅으로
낙엽 쌓이는 거리에서
다시 봄을 기다리는 몫을 읽는다.
간격의 공간을 메울 천거
내비쳐 기도랬다.
진솔한 가슴이랬다.

낙서가 꽃이 될 때

깊은 바람이었으리라.

표현하고 싶은 갈망이었으리라.

그저 끄적거리다가 마는 그저 그만이 아니다.

먼저는 바람결에 기대고

묵묵한 시선에 기대고

그리고 그다음으로 빛바랜 흔적이라도 반향으로 저밀 기척,

또는 사랑과 평화를 상징하는 기억,

가슴에 담고 가고

눈여겨 추억 너머에 부엽토로 여밀 때

숭고한 꽃이 되었으리라.

무심코 내던진 그 한마디가 아닌 중심을 밝히는

오랜 순간을 거들고 나서리라.

맘가짐의 것

진리의 고증처럼 남겼으리라.

세상 덧없이 소원 밝히듯

시들지 않는 바람이라.

세상 그려낸 몸짓의 간곡한 그 시선,

그토록 희어지는 낙서였어도

낙서가 꽃이 될 때

저편 그리운 메아리 쌓인다.

그리움 베끼기

어떤 사물이든지
그곳으로 번지는 몫은 그야말로 하나,
묵직한 발현으로 고취시키는 까닭이 있다는 것,
그것을 익히 깨닫고 다가설 것이면 마음은 훤히 밝아지리라.
그러니까 변하지 않았다는 것
어둡지도 멀어지지도 않았다는 것
어떻든 흔적이라는 고매함의 기류는 세상 이치다.
그러니까 누구의 품격과 하찮음과 그 어떤 술수의 응시라도 그리움만큼은
비단 거짓이 아닐 터이니
그것만큼은 베껴도 좋다.
그렇듯 자기 안에 논하였을 지극한 번짐,
더욱 깊어지고 편만하고 담담하기까지 이르면
비로소 세상을 아는 진중함일 터,
누구에게든지 물음이 있는 그리움,
오늘 또 그렇게 깨어나듯
진실을 딛고 나설 묘수의 갈채다.
꿈길로 그리움,
상념 가득 베끼거든
세상 초석의 발자국 소리
가슴앓이 여명으로 두근거린다.

시간의 외마디

많은 고백이 담겨 있다.

그 많은 사실이 담겨 있다.

그 곁길로 여기고 나갈 수 있는 것들은 세상에 없다.

그렇게 바라는 것이 담겨 있고 깊어지는 것을 읽힌다.

정녕 흐르고 있는 엄중한 귀로가 되어 풀어지는 시간의 외마디,

듣고 깨닫고 견주어 바라볼 것이면 엿듣는 행복이 깨어날 것이다.

간섭이 있던 그 시간을 저버릴 수 있을까?

어떤 목적이 그만큼의 가치를 뛰어넘을 수 있을까?

강물은 흐르고 바람결은 스치고 더더욱 감흥의 기류도 매한가지

시간의 외마디 결의를 힘주고 있다는 것,

삶이 묻고 있는 너와 나의 시간으로

세상은 이렇듯 빛나는 고백이다.

내일을 읽는 너와 나의 시간 속으로

영광의 씨를 뿌릴까?

깊은 상념의 도록이 나를 깨운다.

눈여겨 흐르는 시간,

세상 굽이굽이 골격으로

나는 생명의 노랫말을 얻었다.

관망의 결실

흔적은 가볍지 않다.

흔적은 어디든 가만히 중심을 읽힌다.

흔적은 무엇이라도 진중의 소식을 끌어안고 있다.

읽든 읽혀지든 그렇지 않든 그야말로 창을 열어둔 까닭의 진정성,

그것은 이미 결실이고, 가다듬음이며 계수의 진척이다.

올라선 망루가 무엇을 염두에 두게 하였던가?

바닷가, 또는 높은 산등성, 더하여 저만치 아득한 지평선,

또한 시선 낮추어 그야말로 지경의 낮은 어귀 골방이라는 일념까지

관망은 명실공히 거부할 수 없는 위치다.

나를 수놓는 생명의 소리가 관상동맥을 타고 흐르고 있듯

뛰고 있는 가슴은 허구가 아니다.

그 어떤 허무함도 아니다.

가장 절절한 이슈의 고옥한 울림으로 망루인 것,

생애 기억을 얻었거니

지극하게 누리고 있거니

아직 관망의 결실은 화두의 물끄러미,

소원이 깊어지는 경로에

남은 때를 읽히는 일생이다.

자작나무 숲의 사색

하얀 빛깔의 자태에 까만 점박이들
뿌리 깊은 줄거리를 세상에 담론으로 묻고 있듯
깊은 상념의 서술이다.
자작거리는 바람의 외길을 얻고 앙상한 비움을 얻고 그렇게
어떤 너절함을 걷어낼 요량이듯
깊은 진중의 진실함을 풀어낸다.
얻어가고 누리고 바랄 수 있는 정담의 외로움이랄까?
하지만 부요한 고독으로 점철되어 이끌리는 관망의 진리,
자작나무 우수수한 덕망이듯 짙다.
시간을 밝히는 나무의 울림,
무수한 바람 곳 기척으로 치달았을 저토록 울창함,
응시의 간청이리라.
나는 더더욱 길을 닦는 저편으로
우수에 찬 편지 한 통 건넨다.
희고 검은 가늠 너머
일념의 진척이라 하였듯
짙푸른 꿈을 가꾼다.
그것은 영성의 숭고한 진력,
움트고 깊어지는 그 바람,
더욱 영광으로 거든다.

바람 속에 바람을 가꾸다

저버릴 수 있을까, 저 바람
끝내 뒤척이며 스치는 저 바람 속으로
더욱 깊은 결실이라는 꿈,
고증처럼 빛나는 삶이 그 어귀를 휘돌아 짙다.
자못 먹먹한 담론의 일환으로 새겨두는 추억과 오늘과 그리고,
시절은 계절로 거듭 충족의 발현이고
그 속에 거류하고 집중하는 진력의 흔적과 빛과 그림자,
집약으로 내비치는 내일을 읽을 때
스치는 바람 속에 더욱 바람을 가꾸는 고백은,
언제고 다가오는 것에 대하여 망각할 수 없다.
인지의 고백이 어떤 몫으로 밝던가?
창밖의 기억 한 곳 가만히 굼뜨지 않게
그리운 조력의 시선 더불어
가만히 기억 깊은 상념 견준다.
그렇듯 저만치 바람이다.

늦가을 향수

쌓이고 있다는 것을 느낀다.
사라지고 있다는 통념의 깊은 상념을 헤치고
그렇듯 두터워지는 늦가을 기슭의 향수,
얻어갈 것이면 그토록 부요한 서술의 환담으로 더욱 깊어
지난한 이유에 대하여 고뇌로 채워갈 것이다.
유심함이 더욱 싹을 틔우는 풍성한 부엽토의 절절한 상징,
초석은 그렇게 바람으로 이어지고
뜻은 더욱 부풀어 올라 기약으로 남겨둔 묵시다.
지나온 과정이 결실 너머에 상승으로 내비쳐지듯
다시 긷는 찬연한 바람의 기억,
늦가을 저편으로 내다본다.
그것은 질곡의 땅으로 영원한 향수,
기쁨의 근원으로 위안의 영성,
여린 초로의 깊이 있는 연민으로
봄이 오는 길을 잊지 않는다.
늦가을이 여민 향수,
가을 그리운 미학이다.
내일로 그날은 피어날 기류다.

바다의 편지

사연 하나 그리운 밑줄로 긋는다.
부서지는 파도의 이야기를 담아내는 해변의 글월,
구릿빛 바위가 확인 도장처럼 빛나듯 밀애다.
검푸르게 또는 하얀 포말의 꽃으로 수평선 가까이 밀려오듯
바다는 기억을 싣는 것이다.
바다는 기억을 풀어낼 것이다.
언제나 들려주는 이야기 꽃빛으로 담아내듯
바다의 편지는 구슬프고 간곡하다.
무엇을 위한 몸부림의 다짐일 것들을 외면할 수 있을까?
나는 기억한다.
그리고 바다의 편지가 되고
그 바다의 경험이 되어
이끌리는 화답의 문구를 건넨다.
놓인 그곳으로 밀려오는 바다의 기억,
가져갈 몫의 그 충만함,
하늘 아래 일컫는 거울로
나의 천상의 귀띔 내비친다.

세상을 사는 일

세상 그 어디쯤 걸어왔다고 하여도

그렇게 살아왔다고 하리니

한 그루 나무가 건네는 세월의 주마등은 짙고 깊다.

그것도 사막에서 주름진 세월 나기 그토록 바로 서기 고백으로

흔적의 메아리 가꾸는 애끓음의 몫이려니

그렇게 사는 일은 숭고하고 고진하고 절절한 소임이라.

여쭈어 왔다고 하였으리니

기도는 더더욱 원함의 기류가 되어 풀어지고

세상 세월 어귀 등경이 되었으리라.

영광은 바람을 불러일으킨다.

소망은 더더욱 다짐으로 움틈의 역설이라.

세상을 사는 일 그렇게 빛나는 것이다.

어둡고 침침하고 굴곡진 눅눅한 아픔이라도

더욱 뜻은 환희의 깊이로 누리는 것

어깨 짐을 가진 고독이라도

세상을 사는 일은 너와 나의 것

하늘 아래 빛나는 결실이라.

그 귀띔으로 우러름의 고독이거든

내일을 얻는 약속의 저편으로

발등상의 훤함은 저물지 않으리라.

아직 사는 일이 중요하다.

사와로 선인장의 언덕

아주 작은 씨앗을 묻고 있었다.

그것도 거칠고 황량한 사막의 기슭을 따라

움트고 줄기를 키우는 반향의 목적을 품고 있었다.

엿보인다는 것을 힘주어 말하였을 어떤 긍지의 고독이여,

가다듬었을 발걸음의 고독은 더더욱 기다림의 나목으로 깊어져

헤아림의 날들 걸러내는 여력이었으리라.

거친 시간을 물끄러미 버티며 바라는 외길의 진정성,

그 무엇을 탓하여도 닦달하여도 끝내 그 자리 그 울림의 시선,

바람 속에 두터워졌음이라.

눈을 들어야 마땅한 사와로 선인장의 언덕,

바람꽃 부요함이 채워줌이어라.

아직 굼뜨지 않은 선물 같은 것,

사막에서 아로새겨진 기다림의 영광이어라.

허허로 바랄 수 있는 기회,

그것은 하늘의 뜻 넓히는 계기였거니

언덕은 그렇게 아득한 곳 가까이

세상 망루 지피는 갈채여라.

- 사와로 선인장, 미국 애리조나 주 척박한 땅에 자라는 그리운 나무다. -

콜로라도 협곡

할 말을 잃었는데
굳이 할 말이 절절하다.
무구천년의 세월 비바람 눈보라의 칼날로 다듬어진
그랜드캐니언,
강이라, 강이라, 콜로라도 강,
너비와 깊이가 할 말을 잃은 장관이라 한데
가만히 할 말이 상념 가득히 쌓인다.
깎아지른 절벽에 물끄러미 그늘로 한 단면이다.
할 말이 있는데 그 할 말이
저만치 유심하다.
야심찬 그리움이 흐르고 있다.
소원의 시선이 깊어지고 있다.
협곡을 읽는 세상의 여울,
가슴 저미는 닻이 되었다.
묻고 다져도 남겨진 협곡의 할 말,
할 말이 없는 듯이
정녕 깊은 할 말 흘려보낸다.
길을 읽는 기도가 되었다.
품 안으로 부르짖는 그토록 하염없음,
놓인 협곡으로 단상이다.
위에로, 아래로 눈뜬 할 말이다.

- 미국 애리조나 주 그랜드캐니언 콜로라도 협곡에 부치며 -

세도나의 바위

기기묘묘한 형상의 고독
천년만년 부르짖었을 형성의 애증,
깎이고 다져진 세월 자락에 햇살 내리는 멋으로
오랜 것들 오늘로 창밖의 그림자 짙게 드리웠다.
너른 땅, 광야에로의 시선,
나그네는 감명으로 아득히 울부짖는다.
저버릴 수 없는 기이한 축복의 보람,
그랜드캐니언의 꽃이다.
나그네로 앞걸음의 흔적,
높고 낮음의 처음과 끝이다.
우직한 바위로 더더욱 거듭난 삶의 이력,
그렇게 거둔 믿음이듯
상승의 천상은 또한 어떠랴?
허물어지지 않는 바위 성들 올곧게
가히 광야로 서린 음성이듯
삶의 거류 읽힌다.
바람 소리 귀담는 바위의 이유,
저 너머의 것으로 시선이다.
그리하여 더욱 망루의 초석이듯
서성이는 울림이다.

- 미국 애리조나 주 그랜드캐니언 세도나 바위에 부치며 -

대자연

누리거든 말하라.
바라보거든 읊조려라.
그리하여 작은 풀꽃의 일념으로
기억 채울 아름다운 이치를 헤아려라.
할 말은 쌓였고
내다볼 기억은 깊어지거니
넓고 장엄한 가치를 새겨라.
대자연, 하늘 아래였거니
눈앞의 묵시로 살펴라.
낮추어 담론의 시선이라도
높은 하늘 아래 중심이다.
그리하여 골방의 이유가 되어
감탄의 소망 잃지 않는
길을 여는 그리움이 되어라.
읽히거든 말하라.
응시의 고독 부요하다고
정녕 진리로 거듭난,
경이로운 꽃이 되어라.

제 9 부

깊이와 높이와 편만함에 대하여

콜로라도 강

그렇게 깊은 마음을 안고
그렇게 높은 마음을 안고
굽이쳐 흐르는 무구천년의 갈망이여,
어느 날에는 달빛이 별빛이 더욱 밝게 빛나고
그 어느 날에는 달빛 아래 별빛 아래 그리움이 밝았어라.
아득한 꿈이듯
천연한 바람의 고독이듯
흘러가는 여정의 귀로가 너와 나의 것,
강가에 서린 편지가 촉촉하다.
어느 달빛을 안고
어느 별빛을 안고
끝내 가까이 흐르는 콜로라도 강,
어느 새벽을 지키는
세상의 절절한 골방,
그리운 창이어라.

- 미국 애리조나 주 그랜드캐니언 콜로라도 강에 부치며 -

깊이와 높이와 편만함에 대하여

다가선 곳마다
엿보는 곳곳마다
어찌 깊이가 아닐 터이며
높이와 편만함이 아닐 터이던가?
천상의 그리움이 번지는 곳곳이다.
현실감이 넘쳐나는 그야말로 곳곳이다.

어둠 너머의 것은 훤한 밝기로 자유로운 여명이었다.
날에 날로 살피는 삶의 지경이 그렇듯
깊이와 높이와 편만함에 부합하는 진력이다.
어디쯤 방향의 초점이던가?
길을 얻는 고결한 까닭으로 말미암는 것들에 대하여
흔적은 그 몫을 지폈다.

느끼는 것들로
헤아리는 곳곳의 그 감흥으로
길은 내뻗어 있어 부득불 나아가고 가꿀 시선이다.
조망지의 사랑과 낭만이 그렇듯
깊이와 높이와 편만함으로 점철되어 이끌리지 않던가?
곳곳에 꽃빛이 거들어 빛났다.

낮에 해와 밤에 달과 별빛이 그러하였듯
두둔하는 세상에서의 깊이와 그 높이와 그 편만함으로 장광이듯
눈을 들어 마주할 상승의 저편,
너와 나, 우리 모두는 나아가 마주하는 날에 날이라.
그렇듯 향유의 지극한 화두,
천국은 망각할 수 없는 엄숙한 가시거리다.

가을은 이미 건넸다

착각하지만 않으면 가을은 이미 그리하였다고
무수히 많은 것들 더불어 건네주는 것에 대하여
가슴 따뜻한 그리움에 취하고 말리라.
그러니까 망각하지만 않으면 더욱 바라는 것들에 대하여
가을은 이미 할 말 가득하였다고 하리니
건네는 뭇의 지극한 그 담론으로 행복감에 젖어 들리라.
푸르러 올랐고 무성하였으며 그리고 낙엽 곱게 물들어 뚝뚝 떨어지는
여느 편지의 읽힘으로 건네졌거니
가을은 이미 깊어진 것, 높아진 것, 풀어냈음이라.
길을 걷는 그 길 위에서 발등상의 노랫말이
깊은 상념의 충만함이었다고
다시 굼뜨지 않은 감흥의 귀결로 엿보리라.
빈들의 아름다움은 그것이다.
그것은 가히 허허로 가을의 진담이다.
낙엽 사위어가는 외길 서걱서걱 도록에서
쓸쓸히 걸러내는 골방의 기도,
앙상한 나목의 그 외길 너머에 외침이듯
다시 기다리며 견주는 부요함의 것,
가을은 이미 건넸다.
그것은 겨울 너머의 것
가슴속에 사무치는 씨앗 건넸다.
봄빛 아우라 건넸다.

낙엽이 밝혀주는 추억

꺼내주는 것을 읽었다.

하나도 아니고 둘도 아니고 수많은 것을 간추렸다.

말없이 건네는 것이 더더욱 살펴지듯

무수한 사연 안고 있는 그토록 처지에 것들,

낙엽은 등경의 밝기로 내비쳐준다.

기약은 언제라도 되돌아오는 절절한 귀착의 소중함이다.

부요하였던가?

만족하였던가?

낙엽은 돌연 파문이다.

직시하듯 바람의 땅으로 건네는 저토록 약속,

으스댈 수 없고 호들갑 떨 수도 없는 진지한 이끌림에로

가고 오는 것들로 화답이련가?

추억의 발판으로 거듭나는 것,

내일로 다가오는 것,

그렇게 필연의 몫을 외는 기류,

고운 빛깔의 진리,

낙엽 그리운 울림,

기억 긷는 아우라 밝힌다.

가로수 그림자

앙상하게 낙엽 지웠다고
그야말로 푸르고 울창하였던 흔적을 잊을까?
뿌리 깊은 나무는 한 번도 저버리지 않는 소원의 망루였듯
삶의 어귀 물끄러미 기척으로 남았다.
걸어온 길 나아갈 길 가로수 그림자 속으로 사무친다.
언제고 길을 나서면 길은 엄중한 방향의 목적을 읽히는 고증이다.
눈여겨 풀어냈을 세월의 진담과 회한의 목도들,
아득히 저마다 어느 때를 주목하였듯
경청의 날을 여미고 사랑하였던가?
시절을 읽는 고적한 등잔의 밝기로 깊어지는 것
무릇 바람이고 또한 앙상함이다.
하지만 채워지는 부요한 울림이었듯
남겨진 가로수 기억 너머로
다시 외는 서시의 바람들,
가로수 여운 속으로 그을리고 있거니
더욱 그 먹먹한 활발함,
영혼의 묵시가 되어 짙다.

낙엽의 길로 무엇이 밝다 할까

늦가을이다.

그리운 존중의 물끄러미 계절이다.

늦은 오후를 노을빛 따라 그리워하였듯 추억이다.

일약 때를 따라 떠난 거리에 낙엽 우수수 떨어진 묵시,

가히 어떤 이유가 밝고 밝다 할까?

아마도 간추려진 깊고 깊은 사연의 그 한 줄거리 밑줄 그었으리니

낙엽 사귀는 바람결이 그렇게 가까웠다 하리라.

정겹다는 이유 너머에 그 쓸쓸하고 아련함,

그야말로 늦가을이다.

존중의 사랑과 낭만이 터를 두둔하는 기척이리라.

그 누구를 앙망하듯 낙엽 길의 까닭,

진실이면 좋겠고

더욱 따뜻함이면 좋겠고

변함없으면 더더욱 좋겠다.

그렇듯 할 말이 낙엽 길로 밝다 할까?

문득 원하는 속삭임,

너와 나의 안부였듯

낙엽 만감의 편지를 읽는다.

찔레꽃 반어법

고통을 품고 있는 꽃이다.

일생의 아픔을 등경의 밝기로 새겼다.

그 깊이로 피어난 화사하고 향긋한 감흥의 기도다.

가히 땅에 떨어져서는 안 될 꽃빛이라는 당위성의 중심이다.

그 어디쯤 내다보고 있었던가?

아픔 속에 그리운 자유를 고결하게 새겨둔 일념의 숨결이다.

이 땅을 사랑하면서도

그 속에 어둠을 머금으면서도

그랬음에도 한뜻 꿈을 가꾸어낸 진력의 함성,

바람의 어귀로 달달하다.

언제고 묵시의 밝기다.

고통을 주려 한 까닭이 아니라

그 고통을 풀어내려 한 지극한 이해심,

봄빛 깊어지는 길목에서 발등상의 것,

그것은 너와 나의 진리다.

상처가 상처로 끝나지 않도록

그때를 읽히는 가시거리 꽃,

행복을 품고 있는 꽃이다.

바람이 스미다

맑디맑은 닻을 내렸으리라.

차마 흐르고 흐르는 그곳으로 막중하게

흩어지고 흩어져도 남은 그 바람과 속삭임

나무의 씨앗을 읽는다.

고차원적인 시선의 깊이로 꿈과 희망의 거대한 숨결을 읽는다.

풍경 속에서 그 어울림의 보답으로

상징의 숭고한 기상 같은 전율,

나무의 세월을 읽는다.

생명이 있는 그 훗날의 고독한 영광을 읽는다.

강으로 경계선의 아주 오랜 화두다.

그 진념,

거울처럼 다다른 경이로운 처지에서

끝내 인간의 심연을 이끌어내는 만감,

그토록 바람이 스민다.

청춘의 메아리를 건네는

소소한 행복의 꽃을 피운다.

세상 모든 바람이 스민다.

어떤 가로막음도 죄다 거침없는 길,

그 바람이 지금 스민다.

아주 오랜 터전이다.

씨앗의 고독

종자라는 말이 얼마나 귀하던가?
어느 순간 어느 땅으로 발아의 기적은 세상을 지킨다.
흔들리지 않고 길을 잃지 않는 준엄한 소임의 고독한 연민이다.
천년만년 이어져온 것
그 누구의 포효가 되어 가슴 뜨거워질 그 값어치,
이 땅을 사랑하고 행복을 추구하고 노래할 고독한 이윤의 천거
씨앗이 묻힌 그곳으로 꽃이 피고 숲을 이루는 기적,
내일의 천년만년 부엽토 부르는 창고다.
부르짖는 몫이 덩그러니 여물었던 것이다.
손에 쥐고 시선으로 헤아리고
그리고 가슴 깊이 담아내는 씨앗의 고독,
그 중심은 언제나 움의 중심으로
땅을 움직이는 기수다.
그리고 깨어나는 것이다.
청춘을 향하여 건네는 묵직한 담론이다.
자양분의 위력이다.

강길

도록처럼 뒤척이는 오랜 흔적
변하지 않고 떠나지 않고 굽이굽이 흐르는 기개다.
무엇을 내비치나?
그 무엇을 엿보나?
머문 자리 흘려보내도 가히 존중의 그리운 사실,
이미 바람결이 강을 건너고
물새가 탓을 접고 훨훨 날갯짓이며
여느 들꽃이 강기슭에 주목이다.
하늘이 고스란히 담긴 물길로 흐르는 관망이다.
노래할 시간이여!
마주할 고옥한 설렘과 열정이여!
가만히 강길 굽이쳐 흐르고 흘러도
그 속에 능숙한 파문은
여운의 여운으로 나를 닦달하게 하는 올곧음,
거기엔 자유,
아직 못다 이룬 꿈이
손닿을 가시거리 읽힌다.

한반도 중심

허리춤에 손을 짚고 내다본다.

진득한 기다림으로 애달픈 묘사를 꿈꾼다.

그곳으로 바람에게 띄우는 아주 진솔한 편지 한 통

계절로 엉겅퀴의 향기를 새겨둠이다.

아직 진정한 갈망은 끝나지 않았다.

아니, 정녕 가닿아야 할 세상 모든 바람의 고결한 시선이다.

다시 불어오는 봄바람,

살랑살랑 어느 이름 모를 들꽃을 흔들고

간곡한 가시연의 휘파람소리 이끌어내는 단독이다.

아직 꺼내는 지극한 단서,

이어지고 새겨두는 기회의 역설이다.

바라는 무장해제,

들려오는 반목의 소리가 아닌,

들려오는 미학의 한뜻

손에 손잡고 발맞추어 나설 세상,

그 어귀로 시간의 그리움이 서린다.

세월 이야기 성숙할까?

내다보는 망루의 저편,

아스라이 손 그늘의 시선이다.

- 한탄강 물길 흐르는 그리운 영감에 부치며 -

264

평화의 전등

소원의 불빛이 어디쯤 내걸리나
반딧불이 빛나는 청청한 기억의 그 기별로 빛나나
맑고 고운 청청한 신록의 담론과 상록수의 오랜 기개였다.
불 밝히거든 다가설 너와 나의 자유,
빛나거든 외칠 너와 나의 만감의 그 포효,
끈을 이어가야 한다.
진자리 마른자리 뒤척여 나아가야 한다.
뒤돌아서지만 않으면 그 길로 방향의 진척은 가깝다.
이슬져간 무구한 진리의 고독들,
사랑이 짙게 배인 추억 남기고 언뜻 그리운 회돌이다.
살아있는 자의 진솔한 회한이 어떤가?
내려놓지 못한 그 탓이
아직도 가로막힌 길을 열지 못하나?
깊은 밤 여로에 빛나는 전등의 야수,
빛나는 그 아침으로 꿈을 긷는다.
갈길 놓인 그곳으로
한 발자국 내디딘 그 숭고한 외길,
평화의 불빛으로 읽는다.

지질공원

닳아도 닳지 않는 가치여
눈여겨 세상 발휘되는 그 깊이와 넓이로 그리고 높이로
주목하는 경각심의 너와 나는 어디쯤 시선 가닿나?
할 말이 깊어지는 저 목로의 주력하는 흔적,
거기 아픔을 딛고 우뚝 솟아오르듯
이젠 세상으로 나아가 그리운 발돋움의 이치다.
그야말로 천하 만방으로 메아리 남기고 이어내는 까닭이거니
빛나는 기억의 기염이다.
말없이 우직하였던 그 할 말,
무수한 사색의 정점으로 거듭나서 시각적 울림이거니
자유와 평화의 기점으로 되짚을까?
껍데기 걷어낸 지극한 역사적인 그 필두의 화두,
도량으로 깊다.
세상 바람이 불어오는 길목이다.
세상 향유로 길목이다.
한반도라는 그 수레,
백두에서 한라까지다.
아직 그리움과 기다림이 실리고 있다.

연천 평야

오곡이 익어가는 자유의 숨결이여,
얼마나 기다린 결실의 꿈이었던가?
간곡하다는 말이 무색할 정도로 기름진 땅이라고
그 땅을 지경하는 가슴앓이 고독들,
평야의 그리운 바람이 이슬 젖은 이야기꽃으로 피어났으리라.
자유로운 백로와 기러기 무리들,
서로에 부리 맞댄 정담들,
평야로 흘려보내는 전율의 표상이었으리라.
그리고 한탄강 물길 따라 어부의 노랫소리 구슬프게 번지고
굽이굽이 표증으로 남긴 주상절리,
더불어 고진한 삶의 기억소리 화수분의 진력이라.
바람이 익어가는 고백이여,
실어오는 연민의 고독이 부엽토의 일환이라.
움트는 평야,
숲을 이룬 평야,
정담의 메아리 꽃
북으로, 남으로, 세상으로
이윤 가득한 금빛,
널리 번질 기척의 도록이라.

물새 우는 강

강물 맑은 기운에 물새 우는 풍경
그 어찌 숭고하지 않던가?
거듭나서 엿보이는 미학의 아름다운 오랜 묵시
바람 여울이 깨웠다.
어머니, 아버지의 강으로 물새 우는 강,
그리운 날갯짓 하늘가 깊어질 것이면
아득히 떠오르는 옛 추억의 가까움,
하얀 백로로 자유를 꿈꾸어 실어냈으리라.
강물은 흐르고 흘러 어디로,
바람결은 스치고 스쳐 어디로,
넘나드는 곳곳으로 물길은 하나였다.
철조망이 주력하는 경계선의 그 경각심이라도
거두고 갈 낭만의 저편은,
강으로 긷는 자유다.
보랏빛 향수를 다짐하였으리니
절박하고 간곡한 여명의 그 숨,
어서 속히 밝아오라는 수신호이듯
물새 우는 소리 띄우며
강은 그렇게 연일 흐른다.

한탄강 기슭의 상록수

상징의 어순이 울창하다.
내심 거드는 기개가 하루 이틀이 아니다.
강은 굽이쳐 흐르고 물새는 날갯짓 훨훨 이어내고
부르짖는 소리까지 귓가에 쟁쟁한 현실,
그곳으로 말없이도 묵직한 담론의 상록수 고독이 당차다.
서술은 꺾이지 않는 것,
원색의 원뜻 짙푸르게 풀어내는 사시사철의 대담,
그리운 세상의 공모다.
언제, 어디서, 누가, 무엇을, 어떻게, 왜냐고
그토록 상록수의 기도는 간곡하다.
그것은 세상살이 언제까지나 그 절개,
도장을 찍고 있듯이
그토록 자부심의 일환이다.
일 년이고, 십 년이고, 수백 년이라도
시름 걸러내는 봄빛,
상록수의 알곡이다.
꺾이지 않는 진력의 양심,
그 한 아름 품었다.

쑥부쟁이 아침

가을꽃으로 피어나
가을 아침으로 곱게 피어나
들꽃의 이력 올곧다.
세상의 소리 잠들어 깊은 상념에 취할 터,
그쯤으로 꽃잎의 바람 싱그러운 몫으로 아름답다는 것,
숨은 듯 꽃빛의 기약이 가슴속으로 환희다.
삶의 등경으로 누리는 그리운 호사,
작은 들꽃의 일념이 언약의 멋을 그을려 곱다는 것,
소원이거든 꽃을 볼 것이다.
이름 없이도 밝히는 꽃빛의 여명을 누릴 것이다.
서정의 울림이 꽃빛이다.
쑥부쟁이 절개 어린 애틋한 약속 얻을 것이다.
고난 중에서도,
지독한 목마름 속에서도,
한 줄기 희망의 불씨를 갖추었거니
꽃빛의 등경으로 진리를 읽히는 것이다.
감흥의 그리움으로 피어나
추억의 돈독함으로 에둘러,
바람 소리 건네는 쑥부쟁이 꽃,
세상살이 마음의 행복감이랬다.
읽고 갈 것이니
그야말로 광야의 오롯한 편지
깃들어 귀감이랬다.

상처 속에 씨앗

세상 어귀 아픔은 무엇을 갈망하는가?
몸부림쳐 바라는 것이 무엇이던가?
끝내 물음과 화답이듯
다분히 사랑과 평화가 아니던가?
끝내 이해관계를 뛰어넘을까?
이 땅에 놓인 아픈 역사들,
그리고 가고 없는 지난한 역사 속의 주역들,
상처는 아문다 하여도 기억 속에 남아
화석처럼 지워도 지워지지 않는 것이리라.
그것은 상처 속에 씨앗 읽힌다.
가능한 부엽토의 역사,
그 속에 시름과 뒤척임의 열망,
그것은 씨앗을 발아하여
움트게 하는 계기일 것이라.
살아가는 몫의 머무는 곳으로
삶의 고통과 쓴잔의 이유들,
스치는 바람의 그리운 문안으로 되짚어 풀어낼까?
상처 속에 거듭난 씨앗으로
이 땅에 새길 결국의 목적,
평화의 진력이라고
아픔 너머 기억할
영광의 바람이어라.

- 레바논의 아픈 역사를 기억하다. -

271

올리브, 올리브여

지중해 근거리에서 만난 올리브,
지난날에 부요하던 영광을 추억으로 남겨두고
여전히 푸른 몸의 깊이와 그 열매와 그리고 기름(오일)
무엇을 맑게 하고 무엇을 짙게 하였던가?
광야에서 나고 자란 고결한 생명력의 가치,
그것은 영혼의 그을림 같은 것
지난한 속삭임 속에서
누가 그토록 진지함 꺼낼까?

버팀목의 나무,
중동 고대적 바람으로
지중해 너른 발원지의 몫을 외듯
나그네로 읽히는 순수함이다.
계절, 그 계절, 올리브, 올리브여,
천 년이고 이천 년이고 그 자리,
올곧게 긷는 기다림 쇠하지 않는 그 고독한 행복감,
여느 낭만의 벗으로 서 있구나.

그렇다, 가히 경청의 땅이었으리니
길 위에 길로 묻듯
우두커니 지중해 근거리 닿이려니
울려 퍼지듯 건넬 고옥한 약속의 다짐
그렇듯 시들지 않았다는 것,
울창하게 세월로 엿보이는 시원이다.
바랄 수 있다는 진지한 연민의 중심이랬다.
풋풋한 기척이 그 몫이다.

- 이스라엘 지중해 근거리에 자란 올리브 전경에 부치며 -

낙엽이 다 바스러질 때까지

때가 되어 우수수 낙엽 떨어지는 것은
아주 오랜 증거이며 울림이다.
가을은 먹먹하게 실어냈거니
낙엽 떨어져 쌓였다고 거추장스럽게 여기지 말 것은
가을의 단상은 낙엽 다 쇠하여 바스러지기까지
그 할 말의 깊이는 발아하고 있음을,
간과하지 말 것이다.
천연하고 아득하게 그려낸 풍경의 조화로움,
길은 허락하였고
뜻은 올곧게 풀어졌거니
낙엽 물들어 낙엽 다 떨구는 나무의 그림자,
바람 여울은 거들고 있다.
조용하게 깊어진 그 귀로에
보다 더 알찬 기대감이다.
할 말이 더욱 깊어지도록까지
가을 진척의 그 여울로
세상 울려 퍼짐의 역설적인 진리,
귀담아 나눌 고대감이다.

다시 아침이 오는 길목에서

다시 나는 오랜 약속처럼 눈을 뜬다.
아침이 오는 길목에서 세상을 그리워할 까닭을 얻는다.
간밤이 그렇게 깊었고 그렇게 멀어졌어도 다시 나는 깨어났다.
세상에 오지 않을 약속은 약속이 아니다.
그렇게 나는 세상을 배웠고 읽혔고 더더욱 가슴에 품었다.
세상에서 다시라는 말은 얼마나 고진하면서도 사랑을 부르짖을 수 있는 계기,
나는 참 다행이라고 아침이 빚는 소리 앞에 선다.
세상에서 가장 귀하고 소중한 것이 그 무엇이라고 다짐하였던가?
그렇게 앞으로도 세상 바랄 것이라고 할까?
그야말로 올 것이 왔다고 또 하루를 나는 거듭난다.
내 가슴속에 여력으로 저민 아주 오랜 몫의 가슴앓이 향기,
그것은 눈물의 잔을 채우고 나누고 그렇게 위안을 가꾸는 것이라고
멀어져간 이별과 다가오는 만남의 몫을 가꾼다.
아침이 왔거니 또 하루가 나를 붙든다.
나는 나 나름의 규율로 세상을 노래하는 진력이거니
마음이 읽는 천상의 바람도 한 줄기 나를 감싼다.
그렇게 도드라졌다면 사는 날의 할 말이 더욱 빛났으리니
다시 나는 아침이 오는 길목에서
아주 오랜 약속이고 다짐이듯
나의 생명의 거류를 가다듬고 내다보는 열망이다.
밤은 그렇게 갔고 다시 오리니
낮에 얻은 기억으로 더욱 밝게 여밀 사랑과 낭만,
그것은 내게로 오는 새날의 연민이려니
나는 더욱 그리운 이야기꽃을 피운다.
그 설렘과 그 영광과 그 뜨거움,
눈을 들어 바라는 기약이다.

꽃잎이 두둔하는 것

늦가을 어귀 들길에서
아직 한창 화사하고 소담한 들꽃의 미학을 엿본다.
그 이름은 쑥부쟁이,
청아하고 해맑은 빛으로 건네듯
나누어 갈 추억의 등잔이다.
그리하여 두고두고 꽃빛의 여운이다.
그것도 찬바람 이는 늦가을 호젓한 터전에서
익히 꺼낸 꽃빛의 화두,
그 무엇을 두둔하는 것이라고
길가에 추억일까?
언뜻 내비치는 열망의 환희,
그야말로 남겨진 시선,
그토록 올곧다.
가슴 따뜻한 두둔이다.

여행지의 기약

떠나는 곳은 언제고 남아 있다.
그 어디를 둘러보고 여력의 꿈은 가시지 않는 것
낯선 곳으로의 행복감이 남아 있다.
때가 되면 부르짖는 낭만과 소원과 사랑이 깊어지듯
그리워할 가슴이 품은 속삭임,
그것은 설렘이라는 것,
아득한 미학이 풀어지는 속내다.
그리하여 그곳으로의 변방이 되어 갖출 그 이력,
내다봄이 밝을 때
나의 그곳으로
새로움 속에서 꺼내는 것,
가슴이 묻는 것,
그리고 우러름이다.

은행나무

상념의 나무가 되었다고
노랗게 물들인 단풍잎 우수수 떨어뜨려 쌓였다.
저기 저곳으로 마음의 이윤은 무엇을 읽나?
그리고 주렁주렁하다 떨어진 열매 곱다고 함부로 욕심낼 것이면
가져가는 그 순간 지독한 냄새를 얻으리니
그마저도 널브러진 곳으로 경계였던 비움의 가치,
은행나무는 우두커니 보람이다.
내뻗은 가지 앙상하게 열거하였어도
그곳으로 족히 거둘 여느 연민의 진지한 결실,
은행나무 그늘은 내비친다.
이런저런 순간이 하나가 되듯
세월 귀로에 늦가을,
추억 내걸려 읽히듯
아득한 상징의 닻 일삼는다.

붉은 별(애기단풍)

늦가을 어귀에 빛난다.

붉게 타오르는 열정으로 빛난다.

기꺼이 내비추어야 한다는 절절함과 그 환희랄까?

누군가의 유심한 골짜기를 수놓는 진력의 그리운 화두다.

살아가면서 저렇게 가슴 뜨겁게 여쭈어 내일을 읽고 그 너머를 읽는,

그렇듯 가쁜 세상의 소망을 다짐하는 고백이었을까?

그리고 간밤을 읽고 또 읽었을까?

계절을 타는 애달픈 심상의 물끄러미,

세상 장엄한 길모퉁이 빛나거니

그리하여 문안의 고독은 행복하다.

그랬듯 시선 그을려 깊어지는 것,

더 나은 보담을 읽히는 붉은 별(애기단풍)

죄다 털어내도 봄이 오는 소식

앙상함 속에 움터,

끝내 읽히리라.

뒤안길

뒤돌아서 보는 것은 나의 잠시이지만
지나온 뒤안길 무심하게 안도하거나 방치하지 말 것이니
나의 뒤안길은 여전히 나의 등 뒤를 주목하는 추억이다.
이미 실제를 거듭한 시간의 오랜 경각심이다.
얼마큼 되짚어 살폈을까?
세상의 영원함은 시작과 끝이 여전히 분명하였고
그 균형도 여전히 한뜻의 주목인 것을,
세상에서 긴는 앞다툼의 열망 속으로 언제고 남겨진 뒤안길,
나의 뒷모습 헤아리는 까닭의 여운이다.
지나갔어도 그곳으로 그렇듯
지울 수 없는 주마등의 밝기라는 것,
그리하여 더욱 앞세울 진실과 그 사랑,
뒤안길로 쌓이는 갈채랄까?
자긍심의 하나를 말하자면
그렇게 나를 떠미는 뒤안길,
진리로 붙잡고 망각 떨쳐낼 것이듯
민낯의 몫은 나를 깨운다.

그리운 비상

공중 나는 새들의 경이로움을 아는가?
시절을 온몸에 부여안고 날갯짓 건네는 기척을 아는가?
험산 준령 깊은 계곡 마다치 않고 그야말로 훨훨 지경의 시선 채우며
나아갈 방향의 몫으로 그리운 비상이랬다.
그렇듯 땅도 구릉지의 기개로 바라는 것이 움틈과 꽃빛과 열매와
그리고 그 너머 가닿는 진력의 여운이라고
그렇게 읽고 살피며 아는가?
세상의 지극하고 애달픈 기도를 아는가?
그 기도에 동참하여 세상을 다짐하고 열망하는가?
하늘엔 구름이 흘러가고 땅엔 바람결이 무수한 흔적 스치는 것이다.
달과 별이 빛나는 간밤이고
해가 떠올라 밝기로 빛나는 낮이랬다.
가다듬어 말할 수 있는 너와 나의 사랑과 낭만,
날에 날로 거두는 그리운 비상이라.
그토록 삶의 날갯짓 숭고하지 않던가?
그것은 우러른 비상의 기억,
우직한 세상에서 우두커니 영광이라고
나아갈 곳, 다가갈 곳,
눈시울로 삭인다.

제 10 부

끝내 세상 향함이라고

상록수의 고독이 부요하다

바랄 수 있는 것 저것이다.
내다볼 수 있는 것 저것이다.
눈물과 아픔과 고독이 외로움 섞여 깊어졌어도
그리고 이별과 기다림이 그토록 버무려졌어도
언제고 상록수의 봄빛은 세상 어귀 할 말이다.
누구에게 편지를 쓰듯 짙던가?
홀로 지새운 세상 화답의 기억과 그 곤고함을 넘어
우두커니 상록수의 고독은 끝내 여명의 등잔이라고
그렇게 여겼던가?
물론 낙엽 떨구는 것들이 나목의 진지함,
그럼에도 새순은 그렇게 더욱 진지함,
상록수의 기척은 그 앞걸음으로
내딛는 까닭의 주목이었거니
짙푸르게 건네는 상록수의 부요함,
여느 세상 이치에 새롭다.
끝내 희망과 끝내 우러름의 고취,
일기로 빛나는 고독이다.
만감의 결실이다.

끝내 세상 향함이라고

삶의 가까운 기억 하나
내 생애 영광으로 살피고 가다듬는다.
살아 숨 쉬는 것들로 생동감을 공유하고
우두커니 바라는 바위의 형성들로도 기다림의 연민 읽는다.
잊고 살 것이던가, 하늘?
망각하고 살 것이던가, 땅?
날에 날로 가까이 끝내 향함이라고 고백하나니
세상에서 느끼는 하늘 가까운 시선,
길은 멀어도 나아갈 곳
어떻게 저버릴 수 있단 말인가?
그리운 현재적 소망이 나를 깨우는 지극함,
나는 기도의 몫을 태운다.
세상 그 어디를 둘러보아도 그곳은,
하늘 아래 역설이거니
사막 한가운데 피어난 꽃이듯
언제고 향함의 그 외길로
또 하루 여민다.

우유니 소금사막(볼리비아)

향함으로 바라는 너른 소금사막
높은 고산지대 너른 평야의 곳간으로 간직한 우유니 소금사막,
콜차니 마을 근거리에 사람들의 애달픈 시그널이라.
삶이란 그렇게 저마다 살아가는 것을,
낯선 곳으로 거두는 애끓는 감동의 물끄러미 반향은 숭고하다.
무작정 세상 어떤 화려함을 목적으로 마냥 일삼지도 마라.
너른 땅 외진 곳에 깃들어 사는 소금사막에서 삶을 논할 것이면
그토록 바람이 짜디짠 맛을 추구하였어도
비로소 행복이란 어떤 유무를 떠나서 그렇듯 살아가는 열망인 것이다.
하얗게 은빛으로 무구천년 빛나는 사막의 소금 결정체 능청,
뿌리내린 삶의 이유를 간추렸다.
소금으로 집을 짓고 소금으로 맛을 내고
그리고 소금으로 세상의 추억을 부르는 우유니 소금사막,
길은 멀어도 그 길 너머에 일생의 단 한 번뿐일 듯
그렇게 기다림의 지경으로 볼리비아의 울림이다.
햇살 아래 빚어진 짠맛의 결실
누구는 몽환적 역설이라 하고
누구는 눈시울 머금은 일념이라 하고
또 누구는 더더욱 고적한 일깨움이라 하여도
무릇 숭고한 고백의 가치들,
기꺼이 사라지지 않는 사막의 세상 그늘,
부르고 또 부르는 노랫말이듯
천고 만감의 시선 일깨운다.

- 볼리비아 우유니 소금사막에 부치며 -

엘 타티오 간헐천(아르헨티나)

하얀 수증기 하늘로 치솟아

무구천년 그렇게 하늘로, 하늘로 흩날리는 피날레,

소중한 간격을 묻고 있다.

머나먼 땅 그곳으로 부르짖는 소리의 울림과 만감의 여력,

하늘 아래 경청으로 돈독한 바람이다.

뜨거운 열기로 깨어나서 뜨거운 열기로 온아함을 건네는 간헐천,

치유와 평온과 위안의 덕을 여몄거니

삶으로 이끌리는 나그네에게,

남겨둔 마음의 깊은 도록이라.

한순간도 멈추지 않는 그토록 하얀 진담,

여느 열망의 간곡한 꿈으로

그리운 상념의 어록 밝힌다.

– 아르헨티나 엘 타티오 간헐천 역설에 부치며 –

청담

숲을 이룬 짙푸른 까닭을 아는가?
너와 내가 거들고 나설 오랜 상념의 글귀다.
풍광으로 대담의 깊은 뜻이 산하의 정담으로 청담이다.
삶의 고옥한 질이 더하여졌을 기이한 화답,
절대고독으로 품은 너와 나의 세상살이 예상이다.
그렇게 빛나는 청담,
젖어들었을까?
더더욱 나섰을까?
변하지 않는 그 한마디 적절함으로
역설의 숨이 되었다.
청송, 그곳으로 거류의 등잔이 밝다.
여지의 기억이 밝다.
다가서면 깊은 정감의 행복한 화두,
너와 나의 것으로
거저 얻는 주마등이다.
오랜 소나무 절개에 찬, 웃음이다.
굴곡진 어귀를 휘돌아
보답의 미학이 흐른다.

산울림의 편지

어떤 공증이라고 자연미학의 고독이냐?
한 통의 편지로 끝내 부쳐질 것이라고 바라는 감성,
깊고 푸른 산울림의 기도가 울창하다.
넌지시 건네는 너와 나의 가슴 속으로 파문이었나?
산새가 우는 고향의 정취,
꽃과 나비가 넘나드는 움집의 터전,
그 밖의 산 풀과 산 그림자와 이슬 젖은 감흥으로
편지의 서문은 젖어있다.
그늘진 이야기를 걷어내고 난 그 새로움,
산 여울의 돈독함이라.
서정의 목마를 태우는 추억 마디로
그려내는 위안의 상처,
옹이진 까닭을 두리번거려도
숲으로 들어간 싱그러운 응징,
아픔이 아닌,
청아한 응징의 행복이다.
그렇듯 초연한 기슭의 진동,
낭랑한 산울림의 편지다.

청송의 사과 맛

나무 한 그루 지경의 맛이다.
땀과 눈물의 맛으로 기꺼이 철든 까닭이다.
변방의 나무에서 중심의 나무로 자리매김하기까지
전지 끝에 움트고 꽃을 피우며 열매를 솎아내고 남겨두기까지
시선은 수백 번, 손질도 수백 번, 그야말로 인고의 진력
빨갛게 익어가는 사과의 맛이 그렇듯 진국이다.
이미 전국 방방곡곡 익히 알려진 청송의 사과 맛,
그 종류는 다 헤아릴 수 없어도
한 그루 나무가 무게 중심으로 매단 단단한 맛,
세상 어느 때라고 꺾이랴?
여전히 놓인 사과 상자 안에 홍조,
어느새 천년의 사랑이 드러나듯
오랜 묵시의 침묵을 맛으로 읽힌다.
엿들어 알 수 있었던 청송 사과,
고도차로 일궈낸 기슭의 주렁주렁함,
세상 어느 손절이 아닌,
품어 안음의 맛이다.
사랑과 낭만이 깃든 그 하트 맛,
일념의 축복이다.

섬지기

작은 섬으로 하고 싶은 말이다.
거친 파도소리 귀담아 그리운 그 말이다.
언제부터였듯 구릿빛 바위가 제 몸의 말이다.
어떤 기다림이 그렇게 밝다고 하였을 그 이상성의 말이다.
길을 잃어버리지 말 것이니
그 어디쯤에 섬이 있는 한
바다는 출렁거려도 포말로 지키는 제 몫의 갈망,
등대지기 위안이다.
그을린 아픔이 웃음 짓는 고독이던가?
섬은 그렇게 가까이 서 있는 메아리,
엿듣는 시선의 깊이다.
밀물과 썰물의 해로,
섬지기 닻은 곧게 내린 탓으로
짙은 해무에도 끄떡없는 그 외로움,
어떤 파란만장함 거든다.
가던 길 가도록 반향의 외길 위안이다.
거친 바다를 지나왔던가?
섬은 뒤안길 위안이다.
두고두고 빛나는 등대지기,
바람꽃 지피는 갈채다.

떠나가는 배

포구의 정담을 오롯이 싣고 떠나는 배
바다로 나아가는 그 외길이 순탄치 않다는 것을
어느 경험의 가까이 더욱 실어낸다.
벅찬 바다를 가로질러 목적의 포구를 향하여 떠나는 배
그 과정의 울먹거림은 섣불리 추정할 수 없는 만감의 여정이다.
사랑이 기억나고 그리움이 묻어나는 여로
다시 돌아와 회한의 안부를 거두기까지
떠나는 배의 선미는 그을린다.
세상 지략의 묘수를 부여잡고 고독한 항해의 기술,
출렁거리는 세월로 읽는다.
어쩌면 만수무강이라는 말이 그렇다.
바다를 알면 알수록 더욱 떠나가는 배,
그 뒤안길이 애달프고도 지난한 여운,
하지만 바람으로 거듭거듭,
되짚어 소임의 고독이다.
다시 포구에서 읽는 절절한 사연들,
닻을 올리고 내리듯
저마다 짭짤한 맛이다.

세상이라는 쓴맛 고들빼기

맛을 보아야 알지
입도 안 대면서 하마평만 높일 것인가?
맛을 보아야 쓴맛, 짠맛, 단맛까지
모름지기 결론적인 자양분으로 얻어갈 일생의 과제다.
땅을 딛고 사는 이로 하여금
준엄한 진리의 고독은 지금 살아있는 이의 신중함으로
아름다운 발아의 진력이다.
하여, 부득불 가슴속에 부요함으로
넌지시 엿볼 맛의 온갖 비밀이다.
땅에서 자란 고들빼기,
마음에서 자란 세상 고들빼기,
그렇듯 세상이라는 맛으로 품어
나름 맛의 소임 읽힌다.

석두성의 사람들

중국 운남성 깊은 그곳엔
1,300년의 기나긴 역사적 시름의 터전으로 빛나는 삶이 있다.
앞뒤 양옆으로 모두가 깎아지른 절벽을 병풍처럼 새겨두고
한 뼘 깃드는 땅이라고 있기만 하면 생명력의 기류를 내걸어 둔 흔적,
진력은 그렇게 꽃이 되어 피어났으리라.
아찔하다 못해 오히려 차분한 영감의 기척으로 자리 잡은 석두성의 지
리적 화두,
바람과 구름과 깃들어 멋을 낸 전율의 삶이라고 세상은 그렇게 읊조
렸으리라.
그것은 차마고도 건너뛸 수 없는 생애 소명감으로
깊은 계곡의 물소리 더불어 걸러내는 세월의 등잔이었거니
행복이라는 말을 중국 석두성의 경청으로 읽는다.
꿈을 꾸는 산중의 훤한 사람들,
해 그림자 짧고 산그늘이 길게 드리워져도
여명의 아침은 비켜가지 않는다.
어디든 뿌리내린 곳이면 식물은, 나무는 저마다의 매무새로
꽃을 피우고 열매를 맺고 풍경을 연출하여
그토록 높은 곳 나지막이 눈을 들었을까?
기대감의 세상 바람이 차츰차츰 불어 이를 그쯤,
너와 나는 그 무엇을 열망하였느냐고
하늘 아래 높은 그곳으로
더욱 낮추어 바라는 그곳으로
그리운 미학의 중심 뒤척이는 것일까?
끝내 가슴이 익히 묻는다.

- 중국 운남성 석두성의 삶을 헤아리며 -

가을 속에 건네는 나의 편지

편지를 쓰는 것이다.
무수한 가을 사연에 대하여 물끄러미 대답으로
나는 나의 편지를 가을 속에 띄운다.
거스를 수 없는 진득한 사연이 갈색빛으로 빛나는 엄중함,
나는 나의 편지를 가을 벗에게 띄운다.
그런데 무려 추억이 밑줄을 긋는다.
걸어갔던 길, 걸어왔던 애달픈 길들 사이사이
아직 성숙함이 모자라도 그렇게 이어질 것이라고
옷깃 여미는 다짐으로 나는 편지를 띄운다.
에둘러 갔을 너와 나의 사연이 가까이 그림자 짙다고
애써 말할 수 있는 근근한 낭만,
가을은 그렇게 다가온 사연의 속삭임이다.
가을은 그렇게 떠나가는 여운의 속삭임이다.
그래, 비단길 머금었거니
일생의 화두 거짓과 아집의 허망함만 아니면
그 어디든 올곧게 번지는 가을 사랑의 농염,
민낯의 정으로 깊으리니
두고두고 꺼낼 편지의 이유,
여기저기 쓸쓸히 빛난다.
그리고 그 너머, 너머에 다짐이듯
익어가는 그리운 편지,
여기저기 부요하게 거든다.

가을 추억

추억 속으로 길을 걸었다.
두고두고 이끌릴 바람 속으로 걸었다.
그곳은 저만치 묻어나는 그윽한 이유 가득한 정담들
가을은 눈짓의 소회를 거들고 있었다.
익어가는 기약의 바른 환담으로 내비쳐 엿보이는 것
가을 어귀 자리 잡은 중심이다.
밝히고 에둘러 끝내 아름다운 선물로 가꾸듯
이미 내디딘 뒤척임의 날들,
길은 멀어도 가까이 내다보이는 몫으로
가을 추억이 나를 깨운다.
이미 서린 나의 시선의 목도,
열망의 정으로 나를 일깨운다.
다시 읽는 나의 가을,
결실로 거둘 내일의 바른 화답이다.
그렇듯 이윤의 부요함이다.

지중해 문안

유럽과 아시아 주변국들을 감싸고 있는
에메랄드빛 짙푸른 바다,
지중해 유혹이라고 부른다.
세상 어귀에 수많은 벗들의 사랑과 낭만 두둔하듯
끌어모으는 바다의 진력이거니
그리운 로망의 닻이다.
시간의 간격은 달라도 바다로 일렁이는 물결은 하나,
깊이의 문안으로 옥빛 여민다.
하늘 아래 파란 바다 이미 얻은 추억 빛이다.
다시 얻고 싶은 지중해 돈독한 위상,
누가 구슬프게 가닿을 것이던가?
연이어 밀려오는 메아리의 파도,
검푸른 연민의 가슴 적셔낼 것이다.
숭고한 낙서를 자유로운 고독으로 일깨워
오랜 일념 풀어내는 지중해의 기억,
소원하나 남겨두었거니
나그네 발길 가닿은 고향이라고
아늑히 젖어든 애증의 정감,
지중해 이유 있는 밀애다.

추억의 그늘

사랑은 꽃이 된다.

그렇지 않으면 진정한 사랑이 아니다.

하염없이 건네는 향긋한 바람은 꽃빛의 숭고함이다.

그런 사랑이 합당한 사랑이다.

그리워할 그늘이 가슴 깊은 곳으로 드리워졌는가?

순수 무구한 추억을 열거하는가?

한 송이 야생화의 고독이 울먹거렸을 때

광야로 내리는 이슬은 방울방울 맑게 내비치는 그리움이다.

저버릴 수 없는 중심의 그늘이랄까?

사랑이 깃든 고옥한 까닭의 발아로 거듭난 원인,

두고두고 연민의 닻이리라.

내일이 오늘로 추억이 될 것을,

이미 그 여울의 추억은 너와 나의 약속이거니

엿보이는 위안을 거듭 추구하고 있거니

가슴이 읽는 진솔한 연민의 정,

그것은 되짚어 꽃이 된다.

사랑이 정녕 밝히는 꽃이다.

그것은 행복한 결실의 추억이다.

갈대의 기도를 알까

시절은 능숙하였다.

갈대의 서걱거리는 그 깊음도 진력이었다.

쓸쓸히 탓을 드러내도 여실한 울림의 정처를 내비치듯

갈대의 기도를 알까?

한마디 외마디가 진솔하다.

저만치 한두 마디 여운 흘려보내도 진지하다.

계절은 그렇게 갈대를 휘감고 있다.

그곳으로 사람의 노래가 더욱 짙어질 것이면

갈대의 기도는 더욱 절절하리라.

건네는 세상 과정 속으로 짙게 드리운 연유,

내비쳐 일깨우는 갈대의 기도,

흔들거리는 곳으로

반향의 다짐 짙게 드리웠다.

지중해의 유혹에 물들다

그 옥빛 바다는
많은 물음과 할 말을 간직하고 있다.
그 할 말은 유럽과 아시아 3개 대륙을 품은 에메랄드빛이다.
지중해로 스페인, 프랑스, 이탈리아, 크로아티아, 몬테네그로, 알바니아,
그리스, 터키, 레바논, 이스라엘, 이집트, 튀니지, 리비아, 알제리, 모로코,
마요르카, 사르데냐, 몰타, 나라의 발을 담그듯 그 밖의 섬들,
죄다 지중해를 적신 시선이다.
날에 날이 수평선 낭만 얻도록
바다로 긷는 지중해의 깊은 멋,
무수한 사연 넘어 행복하다는 것,
깃들인 유혹 가득하다.
추억이 더욱 물들고
소원이 물든다.

- 지중해의 유혹에 부치며 -

담쟁이 추억도 꽃이 되다

11월 늦가을
질긴 여력의 진력으로 벽을 타오르던 담쟁이덩굴,
곧게 내뻗은 거미손 벽을 붙잡는 호소력으로
단풍잎 한들거리는 꽃빛의 중심이다.
세상이라는 가고 오던 길 어귀에서
짙푸르게 담쟁이 시절 읽었고
가을 물끄러미 읽었으리라.
추억은 어디나 저토록 하고 싶은 말
담담하게 쓸쓸함 걸러낸다.
저기 저토록 소중한 외마디
편지의 역설이 되었다면
이윽고 건네는 가을 소고의 사연,
가는 소리 오는 소리,
중심의 글월이 되어 바람 깃든 상징이라고
추억 들춘 꽃이 되리라.

몰입

희망의 기도를 그을려 밝힌다.
나는 머뭇거려도 시간은 많은 것을 유심히 꺼내듯
흔적마다, 형성마다, 지극한 몰입의 가늠이다.
더욱 감각적으로 다가왔던 시절의 감흥과 그 바라는 것들,
가히 머물다 가는 것들의 기이한 고백의 일환으로 깊어졌거니
추억이라는 단언은 더더욱 내비치는 현상의 도록이다.
고독한 쓴잔의 입김을 풀어냈어도 정녕 원하는 것이 가슴속에 사무쳤다고
얻은 일깨움의 몫으로 생명이라는 나의 고백,
그것은 일생 최고의 몰입이다.
주목하는 것을 나는 망각할 수 없다.
높은 곳이든 낮은 곳이든 그 어디나 나의 우러름의 망루,
사방을 주시하는 그 몫의 한 곳은,
다가오는 것과 내일의 것과 그리고 그 영원한 것,
이렇듯 삶으로 더욱 몰입의 과정이다.
결실로 맛보는 환희와 만감과 위안이라는 토대,
땅은 그렇게 몰입의 한 단면을 여쭈었다.
보이는 것으로 그리운 그 할 말,
유심한 골짜기 역설의 메아리 울려 퍼지듯
끝내 나설 영감의 서술로
나의 몰입은 끝나지 않는 귀결이다.
경이로운 짐작의 여력이다.
그렇게 향하여, 향하여,
나는 영성의 시선 가다듬는다.

꽃빛이 바라는 것을 읽다

꽃잎이 피어났다.

주름진 땅 끝내 사랑이라는 환희의 몫으로

젖은 감흥의 깊이 있는 바람으로 읊조려 피어났다.

어디든 그렇게 씨를 내린 곳이면 발아하여 깨어나는 것이라고

소박한 곳에 그 엄중함으로 유심한 영광 내비친다.

그 어떤 세상의 이해심을 이런저런 떠나서 그저 풀어내는 꽃빛의 이유,

쓸쓸히 고독함 속에 젖은 이슬로 합당한 위안과 열망의 꽃이다.

나는 꽃빛이 바라는 것을 응시한다.

아직 끝나지 않는 절대고독 속에 꺾이지 않는 보람,

그것은 질곡의 터전 아우르는 긴긴 세월 저편 너머 화두다.

세상의 만감이 무엇을 걸러냈다고 나그네는 할 말인가?

애써 누리는 삶을 거룩한 묵시의 담론으로 살필 때

애증의 깊이는 원하고 바라는 계기였다.

꽃빛으로 읽는 가슴 깊은 울먹거림,

여명의 비단길 언약적인 결실이라고 하리니

그렇듯 언뜻 먹먹한 곳으로 빛 발하는 영광,

그을림 속에 걸러내는 묘수의 묘안,

어느 꽃은, 그 꽃빛은, 더더욱 되짚듯

바라는 역설의 고독 지핀다.

착념의 결실

얻을까, 살필까, 거둘까?
깊어지고, 높아지고, 더더욱 편만하여 누리는 결실,
깨어나서 원하는 그 속삭임의 기억,
침잠이라는 값어치를 소원과 소망의 이윤으로 느낄까?
시간은 장광을 열어 밝히는 곳간의 문이다.
나의 고백은 어떤 묵시로 깊어지는가?
그것은 광야의 소망이었다.
심연의 부요함이라 하리니
착념은 그렇게 쌓이고 쌓여서 더욱 결실,
세상살이 열망의 고뇌다.
그렇게 사는 날을 사랑하거니
더욱 설렘 가득한 몫으로
착념의 고옥한 결실,
곤고한 땅으로 꽃을 피운다.

와디 켈트(유대광야에서)

그야말로 척박한 땅 유대광야여,
한 줄기 희망의 줄거리를 말하기 위하여 굽이굽이
흘러내리는 물길의 비밀을 가졌구나.
나무가 자라는 골짜기 짙푸른 화답으로 나그네를 위함인가?
그리하여 예루살렘으로 가는 길,
그 막중한 소망의 방향으로 깊고 깊었으리니
하늘 아래 영광이여, 땅 위의 열망이여,
지금도 여전히 망루에 걸터앉아 엿보는 거룩한 이미지,
간곡한 탓의 울림,
그 아래 숨겨두었듯
그렇듯 아득히 꺼내듯
성 조지 수도원 전경이랬다.
광야의 그리운 지름길,
척박한 곳으로 세상 메아리랬다.
지금 그토록 약속은 가슴속에 더더욱 짙어
와디 켈트, 그 몫으로
시원의 정담 가꾼다.

- 이스라엘 유대광야 추억에 부치며 -

내심, 가을, 보다 더

가을을 더욱 느낀다.

무엇을 빗대지 않아도 가을은 그 자체가 깊음이다.

물들고 바스러지고 허황함을 건네듯

가을은 보다 더 충족의 갈급함을 건넨다.

쓸쓸히 바람이다.

발휘되는 갈색으로 소담하다.

읽히는 길을 부요한 능청으로 긷는다.

사색은 꺾이지 않는다.

깊은 비단길 놓인 값어치를 얻는다.

결코 저버리지 않을,

내심, 가을,

보다 더 읽는다.

숲, 그 울림

축령산 어느 기슭에
물소리 바람 소리 거들어 고운 선율
귀담아 풀어낸다.
숲은 그렇게 할 말로 깊어진다.
하늘을 바라는 숲의 기운이 더욱 활기차게
깊은숨의 울림 갖추었다.
두리번거릴 수밖에,
깨어나는 천국의 소리 가슴이 듣고
나의 영성이 살핀다.
잊지 말아야 할 사색의 종용,
숲을 읽는 소망으로
깊은 바람 여울로
푸른 덕담의 고결함 뒤척인다.
숲, 그 울림으로
고옥한 결실이다.

- 축령산 기슭에서 -

꽃, 그 이유

꽃, 그 이름 몰라도 괜찮다.
이미 꽃잎으로 꽃빛 빛나는 그 이유
버티며 속삭이는 결실이 아니던가?
애끓는 시간들 속에 성숙한 환희의 몫으로
건네는 저토록 소임의 긍정이다.
계절이 흐르다가 깊어진 뒤로 남은 고증들,
기도는 그렇게 저버리지 않는 것
세상을 뒤척였어도
전율의 노랫말은 가득하거니
그것은 절대적 간섭이다.
그처럼 눈을 들어 바라볼 것이던가?
꽃, 그 이유라고
다시 바람 여울 건네는 곳에서
나의 나뉨의 이유는
기꺼이 경청이라고 하리니
바라는 시선,
물끄러미 밝다.

낙엽이 그랬다

축령산 오솔길에서
발길 채이는 낙엽이 그랬다.
바람의 까닭이라고 그랬다.
그리하여 익히 떨어진 낙엽 추억에서
짙푸른 봄을 읽었냐고 그랬다.
그토록 상징의 어순이었다.
서걱서걱, 바스락, 바스락
균형 잡힌 소신이랬다.
낙엽이 더욱 그랬다.
깊은 산중 울림 속에서 건네듯
쇠하여가고 있어도
청청한 궁극의 요소 내비쳐
울창하였다고
앙상한 나뭇가지 읽힘 두고
귀띔이듯 반향의 소회,
걸음걸음 오솔길로 나눌 것이라고
응시의 초석이랬다.
그때 나의 기억이 끄덕였다.
가을은 왔고 또 가도
나의 기다림 너머에 새겨진 것들,
낙엽 부엽토 그 깊음 속에서
다시 꺼낼 내일의 언약,
세상 진력의 봄을 두고
내 마음도 낙엽 따라 그랬다.
풍경 속에 침전이랬다.

가을 저녁

타오르는 것이
가을 저녁으로 붉은 노을뿐이랴?
울긋불긋 낙엽도 타오르고
수런수런 가슴도 타오르고
나머지 추억도 타오른다.
그리하여 성숙한 사색이랄까?
낙엽 밝히는 소리
졸졸 시냇물 소리
그리고 추임새처럼 새소리들,
저마다 그을렸어도
가을 저녁 타오름의 한 풍경으로
아주 먼 그리움에 잠긴다.
면밀한 마음이 읽는다.
가을 저녁 깊은 그 여운,
계수의 눈동자로 인하여
계절로 두둑한 헤아림이다.

사랑과 평화로 가는 이야기

김우종(문학평론가)

인생관 세계관

서운근의 시는 인생론이면서 세계관이다. 보잘것없는 인간존재를 어떻게 승화시킬 것인가 하는 물음이 인생론이며 그것이 곧 아픔으로 신음하는 세계가 사랑과 평화로 가는 지표임을 말하고 있기에 세계관의 철학을 지닌다.

인생론은 철학이며 이런 지성의 관념에 아름다운 감성의 옷을 입힌 것이 그의 문학인데 한국 문단에서는 신인에 속한다. 떡잎은 떨어져 나가고 다음 단계로 더 줄기가 자라고 잎이 무성해야 할 미래가 남아 있다. 그런데 문학의 기본 방향이 단단하게 잡혀 있다. 한국문학이 일반적으로 철학적 사상성이 부족하고 시야가 넓지 못하며 시가 언어유희에 그치는 경향이 많은 것에 비해서 서운근 시인은 이런 경향에서 벗어나 내면에서 단단한 사상적 열매를 익혀나가는 편이다. 그리고 그 내면에서 익어가는 목소리는 자아의 성찰이며 인류의 구원이다.

너무 거창한 이름을 다는 것 같지만 문학의 다양한 기능 중 이것은 필수적 과제이며 예술이 이런 기능과 무관하다는 인식은 날개를 달고 있으면서도 나는 것을 잊은 닭이나 마찬가지다.

종교는 우선적으로 인간구원을 외친다. 인내천(人乃天)을 말하는 천도교는 인권운동이며 이는 도탄에 빠져 신음하는 약자에 대한 구원운동이다. 예수가 말하는 사랑이나 석가의 자비도 마찬가지다. 이들은 모두 인간을 절망으로부터 구하자고 나섰던 사람들이다. 이것이 때때로 민중선동의 수단이 되고 오만한 권력기구가 되기도 한다.

문학은 예술이지만 이것도 가난하고 힘없는 소외계층에 대한 구원의 메시지가 된다. 그러므로 종교와 비슷하지만, 특정 인물을 신격화하거나 어떤 전지전능한 존재를 설정하지 않는다. 내세가 기다리고 있다고 가르치지도 않는다. 그러면서도 문학은 구원의 메시지가 된다. 극한적인 절망적 상황이 아니라도 모든 인간은 원초적으로 새로 태어나야만 되는 불량품이라는 인식에서부터 구원의 메시지가 되는 것이 문학이다.

새로 만들어져야 할 인간존재

서운근의 〈상록수 기억이 말해주다〉는 그런 의미에서의 인생론이며 세계관이다.

서운근은 한국의 가혹한 역사적 현실에서 만날 수 있는 인간의 비극적 소재를 구체적 형태로 다루지는 않는다. 그것은 전면에 나타나는 다른 소재들을 통해서 배경으로 암시되고 있을 뿐이다.

그는 사람보다는 자연적 사물과의 만남을 통해서 그들의 이야기를 듣고 그들로부터 사람이 가야 할 길을 찾는다. 〈상록수 기억이 말해주다〉로부터 시작해서 〈한탄강 기슭의 상록수〉, 〈상처 속에 씨앗〉, 〈낙엽이 그랬다〉, 〈상록수의 드러남〉, 〈갓 털 씨앗〉, 〈억새꽃 뒤척일 때〉, 〈낙엽이 질 때〉 등은 모두 자연 속의 식물들이 대화 상대이고 〈잡초의 바다〉, 〈시월, 거미의 바다를 읽다〉, 〈눈물 속에 닻〉, 〈바다가 보이는 골목길〉, 〈섬으로 시간의 굴곡〉, 〈바다의 기도가 나를 깨울 때〉 등은 모두 바다와의 대화다. 기타 많은 작품 소재에서 나타나는 특징은 이 시인이 자연의 사물로부터 그들의 속삭임을 듣는 예민한 감수성을 지니고 이것이 시적 이미지로서 상상의 세계를 펼치며 문학적 호소력을 증대시켜 나간다는 점이다.

이런 작업으로 작자가 찾아가는 길의 출발점은 새로 만들어내야 할 인간존재다. 신이 인간을 창조했다면 그는 애초부터 미완성품을 만들고 다음은 스스로 완성하라고 맡겨 놓은 셈이다.

실존주의 철학에서는 인간은 우주에 내던져진 고아라고 말한 사람도 있다. 원초적으로 고독한 존재라고도 말한다. 칼 붓세가 저 산 너머에 행복이 있다는 남들의 말만 믿고 찾아갔다가 울먹이며 돌아왔다는 행복론은 비관론이며 서운근의 시의 출발점도 여기다. 그런데 서 시인은 울고 돌아온 칼 붓세에게 행복이 없다면 있는 세상을 만들면 된다고 말해주는 셈이다. 인간이 애초부터 불량품으로 태어난 존재이기에 개조해나가야 한다는 입장이다.

개조는 곧 구원의 사상을 의미한다. 알베르 카뮈가 《페스트》에서 제시한 것이 그런 구원의 길이다. 페스트로 폐쇄된 극한상황의 도시 오랑에서 애인이 기다리는 파리로 탈출하고 싶어 하는 기자는 2차 세계대전 당시 독일군에 점령된 절망의 도시 풍경이다. 그리고 그 상황에서도 병자들을 살리려고 성실하게 최선을 다하는 의사 리외가 작자가 제시한 구원의 길이다.

선배 사르트르가 받지 못한 노벨 문학상을 카뮈가 받게 된 것도 이처럼 구원의 길을 제시하고 공감을 얻었기 때문일 듯하다.

그런데 과연 그것이 구원일 수 있을까? 탈출구를 찾아서 헤매는 기자나 이와 반대로 환자들 곁을 지키며 함께 죽을지도 모를 일을 해내고 있는 의사나 실제적으로 페스트의 병균을 피하기는 어렵다.

상록수가 말하는 것

시인 서운근의 문학세계도 그렇다. 그는 불량품으로 태어난 인간존 재로서의 자기를 개조해 나간다. 그렇지만 그것은 문학적 상상 속에 서 만들어진 세계다. 불량품이기에 재구성해 나가지만 그런다고 세상 이 달라지는 것은 아닐 듯하면서도 설득력을 갖고 있는 것이 서운근 의 작품세계다. 공감을 주며 이 세상에 희망을 준다.

작자는 이 시집 이름을 《상록수 기억이 말해주다》라 했다. 그리고 시집 첫머리에 이 이름의 작품을 배치했다. 이것은 작자가 이 세상 또 는 그 인생관, 역사관, 세계관이 상록수임을 의미한다. 상록수는 항상 푸르기에 상록수이며 따라서 가을이면 단풍 들고 겨울이면 나목이고 봄과 여름만 푸른 상록수인 것이 현실이기에 서 시인이 보는 상록수 는 식물세계에서 이단이요 이방인이며 서 시인이 그런 셈이다. 그래 도 작자가 세상을 상록의 푸른 빛으로 보고 자신이 상록수로 살아간 다 말하고 있으며 그것이 그가 우리에게 가르쳐 주려는 인생론이다. 주어진 대로 살지 말고 늘 푸른 나무로 세상을 바꿔가며 살자는 의지 의 철학이다.

씨앗이 말하는 것

작자는 인간의 새 출발을 〈갓 털 씨앗〉에 비유하고 있다. 인간은 누 구나 미완성인 채로 우주에 내던져진 고아라고 한다면 그것은 깃털 같 은 것에 매달려서 무한 공간 속으로 날아가는 작은 씨앗이나 다름없다.

이륙의 고독이 꿈을 실었다.
야심찬 가을바람이 상승기류 엿보일 때

익어서 날아가는 꽃씨의 여정,
그 이름이 갓 털 씨앗,
묻혀질 그곳으로 향하여, 향하여
만향의 기도였다.
날아가고 있다.
진기록 같은 신기루 머금고
허공을 날아간다.
목적으로 간다.
거기엔 푸르른 날이
이미 예약되어진
영광의 흔적,
여정의 기류다.

- 〈갓 털 씨앗〉에서

서 시인은 작은 꽃의 씨앗으로부터 태어나서 허공을 날아가는 씨앗을 통해서 인생을 관찰하고 있다. 씨앗을 보니 참으로 고독한 생명이다. 그래서 고독의 이류이다. 그런데 씨앗이 속삭인다. 그래도 목적지가 있는 이류이며 푸르른 날이 예약되어 있고 그것은 이미 예약된 영광의 땅이라고 속삭인다.

이런 속삭임을 듣는 것은 자신이 철학적 사고와 감성의 눈으로 씨앗을 보기 때문이다. 비록 작은 풀꽃으로 태어나서 가을바람에 허공으로 날아가는 씨앗은 누구의 보호도 받지 못하는 고아지만 작자가 거기서 영광의 소리를 듣고 이미 약속된 영광의 목적지가 있다고 말하는 것은 그가 설정한 신념이다. 그렇게 살아가야 한다고 외치는 것이다.

물 없는 곳에도 물이 있다

연명의 꽃이다.
갈망의 깊은 심호흡이다.
생명력의 가치를 안개 그물에서 호수처럼 이끌어낸
높은 산등성 안개 그물이다.
메마른 땅이라도
척박하게 물길 막힌 곳이라도
허공으로 저민 안개구름으로
안개 그물은 생명력의 진기록이다.

(중략)

스쳐 지나갈 그곳으로
그물, 한 코, 한 코에 맑게 내걸리는 안개,
주룩주룩 흘러내리는 기법으로 물줄기가 되어
신기루 같은 약속의 단맛,

— 〈안개구름〉에서

　낙엽의 계절이나 나목의 계절도 늘 푸른 상록의 계절로 만들어 살아
가듯이 작자는 갈라지고 메마른 땅에서도 물을 길어 올린다. 페루의
고산족이 안개로 물방울을 모으고 물을 길어 올리듯이 그에겐 물 없
는 절망의 땅에서도 생명수가 흐른다. 페루의 고산족이 물을 구하는
안개구름은 사실의 세계이며 작자가 말하는 메마른 땅의 물은 상상의
세계지만 그것은 죽은 뒤에 천당 가는 종교적 상상과 달리 철학적 논
리로 가능한 실제적인 상황이다. 절망을 절망으로만 받아들이면 절망
으로 끝나지만, 부정을 긍정으로 받아들이면 부정의 시간에도 힘이

솟고 생명이 약속된다.

사랑하고 그리워하는 인생

아침이 오는 그 시간
또는 노을의 그 시간
사랑이 부르짖는 그리움 그리고 언제고 사랑하리라.

미완의 단언이라지만
돈독한 그리움 그 너머에서
얼마큼 그리고 사랑하리라.

시절이 그립게 그리고 연민의 포부처럼
기도 속에 바람 사랑하리라.
끝내 사랑하리라.

그 꿈으로 더욱 그리고 사랑하리라.
그리움 그리고, 또 그리고,
남겨진 영광으로 사랑하리라.

– 〈그리움 그리고〉에서

서 시인이 무엇을 그토록 그리워하고 사랑하는지 그 대상은 어떤 것이어도 좋다. 그렇게 간절한 그리움과 사랑을 지닌다는 것이 중요하다.

인간에게 주어진 세상이 애초부터 허망한 것이라면 인생은 포기할 수 있다. 그러나 무엇이든 사랑하고 그리워한다면 그것은 삶의 이유가 된다. 세상을 고쳐 보자고 외치며 시위하고 고문실에 끌려가는 사람이야말로 간절하게 세상을 사랑하고 그리워하는 사람들이다. 그럼으로써 그것은 자기 구원이 되고 세상의 구원이 된다. 다른 무엇보다 사랑과 그리움이 곧 구원이다.

인종(忍從)과 비워줌의 결실

> 어느 순간 밭을 내준 돌담의 기억
> 밭을 지키는 파수꾼의 울타리가 되어 단단한 미학이다.
> 검은 줄기를 끝내 이어내는 진귀한 억척이다.
> 그렇게 돌담은 웃었고
> 굽이굽이 바람 소리 휘파람으로 걸러냈고
> 문양의 합당하고 바른말 내비치듯
> 척박한 산지의 풍성한 결실로 밭을 품었다.
>
> — 〈돌담의 기억(제주도)〉에서

제주도의 현무암들은 밭을 만들어주고 밭의 파수꾼이 되고 구비구비 바람 소리를 휘파람으로 노랫소리로 걸러내며 응답한다. 척박한 땅이 돌로 인하여 풍성한 결실을 맺고 있다. 그 돌담은 아름답기에 단단한 돌의 미학이다.

척박한 땅에서 구멍이 숭숭 뚫린 돌들의 변화가 아름다움을 만드는 미학으로 그려진 것은 작자가 거기서 돌들의 속삭임을 들으며 그들의 인종과 덕망이 그처럼 아름답다는 것을 발견했기 때문이다. 그리고 아름답다고 생각한 것은 그의 철학이다. 여기서는 밭을 만들어주고 바람을 막아주는 행위가 인종이고 희생이고 미덕이며 거친 바람을 휘파람 소리로 응답하는 것은 "별을 노래하는 마음으로 //모든 죽어가는 것을 사랑해야지"라고 말한 윤동주의 발상법과(〈서시〉에서) 같다.

못생긴 돌에서 이런 속삭임을 듣는 것은 보잘것없는 존재들이 덕망과 인종으로 척박한 세상에 풍성한 열매를 약속해 주는 것이기에 구원의 기쁨이 되며 이것이 서 시인의 구원의 철학이다.

이런 구원 사상은 〈올리브 나무의 기억(추정 수령 3천8백 년)〉에서도 나타난다. 모래바람뿐인 사막에서의 3천8백 년은 너무도 힘겨운 인종의 세월인데 그는 그렇게 살며 열매를 나눠주고 있기에 희생적인 덕망이고 그것은 사막을 사는 이들에게 구원이다. 그리고 물론 사막은 인간에게 주어진 모든 현실을 상징한다.

공생 공존하는 세상

인류사회의 구원은 공생공존의 원칙 없이는 가능하지 않다. 다양한 생명체들의 세상이기에 그렇다. 생명 형태의 다양성과 공존의 미덕을 말하는 작품이 〈천일홍, 백일홍〉이다.

> 너는 천 리를 가고 너는 백 리를 가고
> 그리고 나는 지금을 간다.
> 곱게 피어난 꽃빛으로 깊은 상념의 몫을 태우는 꽃들,
> 밝게 빛나는 천일홍, 백일홍
> 천일홍은 꽃잎이 작고 둥글둥글하고
> 백일홍은 꽃잎이 넓고 동그랗고
> 하지만 같은 뜻 꽃의 향기를 발하는 것,
> 나는 그곳으로 사색 발하는 것,
>
> － 〈천일홍, 백일홍〉에서

천일홍, 백일홍이 함께 피어 있는 정원은 이념적 갈등으로 갈라져 있는 한반도가 변해야 할 방향 제시가 될 수도 있다. 그리고 인종과 종교와 빈부의 차이로 분열된 온 세계에 대한 평화의 외침이 될 수 있다.

이런 공생공존의 아름다움을 갈망하는 것은 대립과 갈등으로 인류는 너무 많은 상처를 입어 왔기 때문이다.

한국 근대사, 현대사는 강대국들에 의한 식민지와 분단의 역사이고 그것은 상처의 기록이다. 〈상처 속에 씨앗〉은 그런 상처에 대한 기억이다. 그런데 서 시인은 그 세월이 거름이 되어 새 생명으로 다시 태어난다는 긍정적 역사관을 말하고 평화를 말한다. 〈낙엽이 그랬다〉, 〈낙엽이 질 때〉, 〈상처 속에 씨앗〉이 그런 인생관 또는 평화를 갈망하는 중동 전쟁지역만이 아니라 분단의 한반도를 말하는 역사관을 나타내고 있다.

사랑과 평화의 약속

세상 어귀 아픔은 무엇을 갈망하는가?
몸부림쳐 바라는 것이 무엇이던가?
끝내 물음과 화답이듯
다분히 사랑과 평화가 아니던가?
끝내 이해관계를 뛰어넘을까?
이 땅에 놓인 아픈 역사들,
그리고 가고 없는 지난한 역사 속의 주역들,
상처는 아문다 하여도 기억 속에 남아
화석처럼 지워도 지워지지 않는 것이리라.
그것은 상처 속에 씨앗 읽힌다.
가능한 부엽토의 역사,

그 속에 시름과 뒤척임의 열망,

그것은 씨앗을 발아하여

움트게 하는 계기일 것이라.

(중략)

평화의 진력이라고

아픔 너머 기억할

영광의 바람이어라.

- 〈상처 속에 씨앗〉에서

"몸부림쳐 바라는 것이 무엇이던가" 하며 중동의 레바논을 상기시키는 그의 자문자답은 '사랑과 평화'다. '창작산맥'이 항상 내걸고 있는 깃발도 사랑과 평화다. 그런데 작자는 이 목적지에 이르기까지의 아픔을 '부엽(腐葉)의 역사'라고 말한다. 그리고 "그 속에 시름과 뒤척임의 열망 //그것은 씨앗을 발아하여 //움트게 하는 계기일 것이라."라고 말한다.

이 시집의 첫머리가 상록수의 기억이 되고 마지막 무대가 이렇게 사랑과 평화의 외침으로 편집 구성되어있는 것은 치밀하게 작자의 의도를 완숙시켜 나간 것임을 알 수 있다. 허공으로 날아가는 하나의 작은 씨앗 〈갓 털 씨앗〉에서 인간의 실존이며 서운근 시인도 여기서 예외될 수 없다는 실존적 인간 형태라고 남들이 모두 말하지만, 그는 단호하게 이런 비관론을 부정한다. 보잘것없는 작은 생명이지만 〈씨앗은 길을 잃지 않는다〉라 말하고, 그에게는 영광의 목표가 예약되어 있다고 말한다. 그 길은 인종과 희생의 덕망과 공생공존 등의 원칙을 요구하지만 늘 그렇게 상록수로 살아가야 한다고 말한다. 그리고 어떤 아픔이라도 그것은 낙엽이 된 후 부엽토처럼 새 생명의 원동력이 될 것이며 그럼으로써 인류의 사랑과 평화가 성취된다는 철학이 서 시인의 작품세계다. 그는 첫 시집을 내며 아직은 허공으로 바람에 실려 날아가는 위태로운 씨앗 같지만, 분명히 영광의 목적지를 향한 멋진 비상 (飛翔)의 미학임이 사실이다.

상록수 기억이 말해주다

초판 1쇄 인쇄 2022년 01월 04일
초판 1쇄 발행 2022년 01월 21일
지은이 서운근

펴낸이 김양수
책임편집 이정은
편집디자인 권수정
교정교열 이봄이

펴낸곳 도서출판 맑은샘
출판등록 제2012-000035
주소 경기도 고양시 일산서구 중앙로 1456(주엽동) 서현프라자 604호
전화 031) 906-5006
팩스 031) 906-5079
홈페이지 www.booksam.kr
블로그 http://blog.naver.com/okbook1234
포스트 http://naver.me/GOjsbqes
이메일 okbook1234@naver.com

ISBN 979-11-5778-521-6 (03800)